BBULMEDIA

http://www.bbulmedia.com

絶世狂人

# 絶世狂人

절세
광인

고붕 퓨전 무협 장편 소설

BBULMEDIA FANTASY STORY

**6**

〈완결〉

# 目次

第二四章

투전(鬪戰)

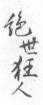

내가 본 좋은 인디언은 죽은 인디언뿐이다.

　　　— 윌리엄 테컴시 셔먼(William Tecumseh
　　　　　　　　　Sherman), 미국 군인

전쟁은 잔악행위이다. 그걸 바꿀 필요는 없다. 잔인
하면 잔인할수록 더 빨리 끝나니까.

　　　— 윌리엄 테컴시 셔먼(William Tecumseh
　　　　　　　　　Sherman), 미국 군인

$*$    $*$    $*$

"천광(天狂)."

"네, 무본."

"너는 다른 세상이라는 걸 상상해 본 적이 있느냐?"

"없습니다."

"만약 있다면 어떨 것 같으냐?"

"……잘 모르겠습니다. 그저 속하가 책 속에서 본 다른 세상이라고는 신선들이 유유자적하는 그런 세상 혹은, 귀신들이 날뛰는 그런 곳에 불과했습니다."

"선계나 천계 혹은 귀환(鬼寰)을 말하는 것이로구나."

"네, 무본."

"그래, 그것이 이곳 중원인들이 할 수 있는 상상의 한계이지. 하지만 말이다. 본좌는 등선했다는 사람은 여태껏 본 적이 없었지만, 다른 세상에서 온 자에 대해서는 들은 적이 있지. 아니, 사실은 직접 본 적이 있다."

"……."

"다른 세상은 말이야. 모든 이들이 서로 끝없이 죽고

죽인다고 한다. 그러면서도 모두 즐거워 어쩔 줄 모른다고 하더구나."

"그곳이 바로 진정한 나락(奈落)이로군요."

"후후. 보통은 그렇게 부르겠지만, 나는 그렇게 생각하지 않는다. 왜…… 왜냐고 묻는다면 말이다."

순간 정적이 무본비동을 휩싼다. 하나 그 시간은 그리 길지 않았다.

"그놈, 그래, 그놈만큼 그렇게 순수히 피와 죽음을 즐기는 놈은 지옥에도 없을 테니까. 그리고 그놈이 말했었지. 그곳에는 자기보다 더 세고 더욱더 미친놈들이 많이 산다더구나."

"……!"

"크크크. 그놈이 고수들의 심장에 칼을 박으면서 한 말이 아직도 기억에 남는구나."

"……그것이 무엇이었습니까?"

"레벨업."

"레벨…… 업? 그것은 대체 어디의 어떤 말입니까?"

"모른다. 그때도 그랬지만, 지금도…… 어쩌면 앞으로 영원히 모를지도 모른다. 그 세상에서 누군가 다시 이곳으로 와서 풀어 주지 않는다면 말이지. 다만, 그 말을 외칠 때마다, 그놈의 몸을 감싸던 너무도 깨끗한 빛과, 그놈의 얼굴에 퍼져 있던 너무나 해맑은 표정이 지금도 기억이 난다."

"……그자가 대체 누구였습니까?"

"크크크—"

무본은 대답없이 낮게 웃을 따름이었다.

동굴 안의 기류가 미친 듯이 출렁거렸다.

그러던 어느 순간, 비동 안의 공기가 싸늘히 얼어붙었다.

"천마."

"……!"

"나는 지금도 똑똑히 기억해. 내 가슴에 그 시뻘건 검을 틀어박으며 '드디어 만렙인가?' 라고 속삭이던 그 소름 끼치던 목소리를."

"……."

"물론, 이제는 역사 속에서나 존재하는 목소리가 되었지만……."

무본의 탁한 음성이 비동 안을 휘돌다가 천천히 사그라졌다.

                    *      *      *

휘류류류…….

한 줄기 음산한 바람이 무림맹을 휩쓸고 지나갔다.

조금 전에 있었던 폭발의 여운이 바람에 실려 차츰
걷혀 갔다.

저벅저벅.

먼지 구름 속을 뚫고 한 사람이 걸어 나왔다.

그저 평범하게 걸어 나오는 것뿐이었다. 그렇지만 그
를 보는 모두의 안색이 변했다.

누구는 끔찍하다거나 의아하다는 표정을, 또 다른 누
군가는 질렸다는 표정을, 현천진인 같이 그에 대해 어
렴풋이 짐작하고 있던 자들은 침중한 표정을 지었다.

그러나 대부분은 그저 갑작스럽게 벌어진 대규모 폭
발에 도망치기 바빴다.

단 한 명. 오직 단 한 명만은 그를 향해 웃고 있었다.

"대체 어떻게 안 거야?"

무엇을 알았는지에 대해서는 명시하지 않았다. 그럼
에도 그는 알아들었다.

"이것이 알려 줬다."

그의 손에 누군가의 오른손이 들려 있었다.

"그게 뭔데?"

"어제의 나."

"어제의 당신? 그게?"

연영하는 그의 말을 이해하지 못했다. 그럼에도 더는 물어보지 않았다. 알면 어떻고 모르면 또 어떤가?

어쨌든 상대도 그녀만큼이나 괴물이었다. 비밀스러운 능력이야 얼마든지 더 있을 수 있었다. 고마운 일이다. 아직 더 보고 겪어 볼 게 남았으니.

"뭐, 됐어. 이제 그럼 어제의 당신과는 달라진 거야? 더 세진 거 맞어?"

"그러도록 만들 것이다."

"그게 돼?"

동봉수는 불가해(不可解)한 존재였다.

그런 만큼 그가 하는 말에는 불가사의한 힘이 있었다.

진정성과는 또 다르다.

그저 말한 대로 다 이루어질 것만 같은 그런 힘.

"어떻게? 알았다는 그 사실 한 가지만으로, 어제의 당신보다 지금의 당신이 더 강해질 수 있다는 거야?"

연영하가 다시 한 번 반문했다.

"한 번 부딪쳐 보면 알겠지."

동봉수가 대답했다.

파파팟—!

동시에 날았다.

*　　*　　*

백섭(Back Server) 또는 롤백(Roll Back).

현재의 데이터를 과거 임의의 어느 시점으로 되돌리거나, 불의의 사고 때문에 예상치 못하게 서버가 며칠이나 몇 달 전으로 되돌아가는 현상을 말한다.

강제적인 백섭은, 시스템에 심대한 버그가 발생했을 시, 시스템의 운영자가 버그가 발생하기 이전으로 서버 데이터를 리셋(Reset)시켜 버리는 것이다.

반면, 예상치 못한 백섭은, 통제불가능한 상태에서 시스템 그 자체에 오류가 생겨 일어나거나, 해커 등의 공격으로 발생한다.

동봉수는 이번 경우가 후자라고 결론 내렸다.

무림이라는 '서버'가 있다.

그리고 누군가 이 세상 전체를 백섭시켰다.

이것이 가능하다 아니다의 문제는 이제 따질 계제가
아니었다.

이미 자신이나 천마 같은 존재가 이곳에 존재한다는
사실부터가, 과학적인 현실성은 없었으니까.

무엇이든 가능하다는 전제가 깔렸다.

그러니 모든 일이 불가능하지 않다.

세상을 백섭시킨다.

안 될 것이 무엇인가?

과감한 추론이지만, 동봉수는 맞을 것이라 여겼다.

다만, 그 백섭이라는 것이 이 무림이라는 세상 자체
에만 국한된 것인지라, 인벤토리를 비롯한 '신무림온라
인 시스템 세상'은 이번 무림백섭과 무관하게 그대로
시간이 흘렀던 것이라고 가정했다.

한 마디로, 둘의 차원계가 다르다는 가설.

그렇게 가정하면, 엉망진창인 인벤토리 상황과 늘어
난 24시간이 설명이 된다.

그렇다면 과연 그 백섭이 일어나기 '이전 하루' 동안
이곳 무림맹에서는 무슨 일이 벌어졌을까?

정확히 알기는 불가능했다.

말 그대로 자신의 기억마저도 하루 전으로 되돌아갔을 테니까.

'정상적으로 대회가 진행되지는 않았을 것이다. 치열한 전투가 있었다.'

인벤토리 안에 엉망진창으로 흩어져 있는 정체불명의 수많은 시체 조각들과 없어진 보조무기들. 북방의 전쟁터에서나 있을 법한, 전쟁의 흔적들이다.

동봉수는 계속 생각했다.

통상적으로, 비무대회에서 사람들이 저렇게 많이 죽을 수는 없다.

인벤토리 안의 시체들만으로도 비무대회에서 용인 가능한 기준치를 까마득히 넘어섰다.

대규모 전투가 있었음이, 있을 것임이 확실하다.

거기에다가 자신의 잘린 오른손이 들어 있었다.

'이것이 무슨 의미일까? 앞으로 벌어질 일과의 관계는?'

동봉수는 항상 최악을 먼저 산정하고 그에 맞춰 일을 준비하고 대응해 왔다.

그래야지만 모든 가능성에 대처가 가능했기 때문이었다.

잘린 자신의 오른손이 의미하는 최악은 분명히⋯⋯.

'나의 죽음이다.'

죽었다. 혹은 죽었었다.

또는 죽을 것이다.

어느 표현이든 무방하다. 그렇게 되었었거나 될 것일 테니까.

특별한 변화가 없다면, 백섭된 것과 무관하게 어제— 정확히는 '이전 오늘'이 오늘도 똑같이 반복될 것이다.

그래서⋯⋯.

그는 계산된 움직임을 버렸다.

그래야만 했다.

분명 자신은 늘 그래 왔던 대로 계산된 최선의 선택을 '이전 오늘'에도 했을 것이다.

그것이 실패했다.

계산이 실패했다면, 본능에 따라 움직인다.

그렇다면 어떻게든 변화가 생기지 않겠는가.

그것이 그의 새로운 계산이었다.

\* \* \*

을지추에게 마지막을 위해 아껴 두었던 '비장의 [스킬]'을 사용했다.

원래의 자신이라면 숨겨 놓은 최후의 기술을 위험하지도 않은 상황에서 사용하지는 않았을 것이다.

그래서 그 반대로 했다.

을지추의 죽음도 마찬가지였다.

그의 죽음은 그동안의 계획과는 정면으로 배치되는 일이었다.

이 모든 것이 새로이 계산된 본능이었다.

이 방법이 실패할 수도 있었다.

하나, 하지 않으면 또. 죽는다. 내일 또 반복된다면 또 죽겠지.

시도하지 않으면 가능성은 애초에 0%가 된다.

그건 항상 죽음으로 직결된다.

실패하고 죽으나 시도도 하지 않고 죽으나 마찬가지일 테지만, 시도하면 단 0.00……01%의 확률이라도 생긴다. 그렇다면 일단 저지르고 실패하는 쪽이 낫지 않겠는가.

그냥 포기한다라는 말을, 그의 본능은 용납하지 않는다.

그래서 그는 지금도 계속 노력하고 있었다.

그것이 또한 그의 본능이었다.


*　　*　　*


파파팟—!

동봉수가 날았다.

그가 날아가는 방향은 북단 쪽이었다.

바로 연영하가 있는 그곳.

우우웅—

그의 낭인검이 초고속 자전을 시작했다.

검 주위에 다시금 검환, 아니, 이제는 그것을 넘어서서 아예 륜(輪)이 되어 뭉쳐 돌아갔다.

조금 전의 레벨업으로 한 단계 더 진보한 것이다.

초자전검륜(超自轉劍輪).

그 엄청난 파급력으로 말미암아 주변이 폭풍에 휩싸인 듯 거센 바람이 몰아닥쳤다.

그걸 지켜보는 연영하의 눈동자가 서서히 검어졌다.

흰 종이에 먹물 한 방울을 떨어뜨린 듯 점차 검은 동공이 흰자위를 잡아먹어 갔다.

"그래, 우리 사이에 말 따위는 필요 없지. 역시 마음에 드는 사내야, 당신."

상대는 완벽한 전투 생명체.

두려움도, 감정도 없는 완벽한 살인 병기.

과연 저 사내가 하늘이 정해 놓은 운명을 바꿀 수 있을까? 연영하는 그것이 너무도 궁금했다.

'증명해 봐. 하늘이 없다는 사실을.'

우우웅—

그녀는 동봉수가 십여 장까지 거리를 좁혀 오자, 오른손을 앞으로 쭉 뻗었다.

먹빛 천살기가 하늘에 은하수가 그어지는 것처럼 길게 뻗어 나갔다.

동봉수가 그 천살기를 향해 낭인검을 힘껏 그었다.

좌좌작.

비단폭이 찢어지는 것 같은 소리가 나며 천살기가 양단(兩斷)되었다.

휘리릭—

연영하가 오른손을 뒤로 당겼다.

그러자 두 갈래로 갈라져, 동봉수의 후위로 흩어져 나가던 천살기가 뒤쪽에서 다시 하나로 뭉쳐졌다.

그러더니 곧 동봉수의 등 쪽으로 몰려왔다.

동봉수는 자신을 따라오는 천살기에 아랑곳하지 않았다.

콰자자작—

계속해서 앞쪽의 천살기를 가르며 연영하를 향해 날아들었다.

그렇게 동봉수가 연영하의 바로 앞까지 날아들었을 때, 천살기 또한 그의 등에 거의 임박해 들었다.

그제야 연영하는 천살기를 조종하던 오른손을 멈추고 왼손을 들었다.

그 순간!

그녀의 왼 손톱이 뱀이 탈피(脫皮)하듯이 벗겨지며 쑥 늘어나더니, 동봉수의 낭인검을 강하게 밀쳐 냈다.

콰과광—!

맨 손톱과 검이 부딪쳤다.

그러나 소리는 그렇게 단순하지 않았다.

꼭 천신과 마신이 충돌한 것 같은 엄청난 굉음이 울렸다.

휘리리릭—

"크으윽—!"

동봉수가 막대한 충격을 견디지 못하고 뒤쪽으로 쭉 날아갔다.

그 순간 연영하의 오른손이 다시금 움직였고, 천살기가 재차 그를 향해 날아들었다.

그 모습이 꼭 누군가가 허공에 먹을 잔뜩 머금은 붓으로 한 일(一) 자를 그은 것 같았다.

동봉수는 뒤로 날아가면서도 자신을 향해 뻗어 오는 새까만 천살기를 향해 다시 검을 내려쳤다.

찌지직.

또다시 긴 비단원단이 찢어지는 듯한 소리가 났다. 동봉수는 거기서 멈추지 않고 초진기파를 쏘아 보내 갈라진 천살기를 사방으로 흩뜨렸다.

파바바바밧―!

동시에 동봉수의 낭인검이 어마어마한 속도로 허공을 누빈다.

조각조각 난 천살기에 거듭 검륜이 가해졌다.

그러자 갈가리 찢어진 종잇조각이 된 양 천살기가 폐허가 된 비무대 위로 힘없이 날아 내렸다.

"호, 호호호호. 역시, 역시! 훌륭해. 그래그래, 이 정도는 되어야 당신답지."

연영하가 너무도 즐거워 웃음을 참지 못했다.

그녀는 손짓으로 다시금 천살기들을 뭉쳤다.

그녀의 손짓에 따라 비무대 잔해 위에 흩어졌던 천살기들이 재차 덩어리지더니 금세 다시 연영하의 손으로 돌아왔다.

무려 수십 장을 격하고 벌어진 일이었다.

"저럴…… 수가…….."

"저런 것이 가능한 일인가……?"

지켜보는 모든 이들의 눈에는 그녀의 행동 하나하나가 모두 경이 그 자체였다. 그리고 그것을 막아 내는 동봉수 또한 경이롭기는 매한가지였다.

다만, 그 경이로움이 절대 이 무림맹에 이롭지 않다는 것이 문제였다.

둘의 격돌이 다시 이어졌다.

콰과광! 펑퍼벙!

둘이 한 번씩 충돌할 때마다 천지가 진동하고 사방이 흔들렸다.

"끄아악—!"

"으아악!"

"도망쳐—!"

그들이 충돌해서 발생하는 기파에 내공이 약한 이들은 속절없이 나가떨어졌다.

천하청비무대회의 결선이라고 부푼 마음을 안고 왔던 사람들에게는 재앙이었다.

그들에 비해 무공이 아주 높은 이들도 내부가 약하게 진탕될 정도로 싸움의 여파는 대단했다.

저들의 싸움은 인간들 간에 벌어지는 그것이 아니었다.

신마전(神魔戰).

신과 악마의 싸움.

바로 그 자체였다.

항상 여유롭게 백염백미를 쓰다듬던 현천진인의 손도 잘게 떨리고 있었다.

"천살마안(天煞魔眼)에 천살기……. 그걸 아무렇지 않게 잘라 내는 저자는……진정 천마의 재림이었던가……?!"

현천진인은 똑똑히 보았다.

아까 동봉수의 검이 을지추를 반 토막 내는 것을.

그리고 뒤이어 쏟아지던 눈부신 빛은 전설 속 그 천마지광(天魔之光)이 분명했다.

이어진 둘 사이의 공방은 전설의 재현에 다름이 아니었다.

극음천살성 대 천마.

천상괴(天上怪) 대 대악물(大惡物).

딱딱딱.

이가 떨린다.

철저히 준비하고 있었음에도 두려움이 밀려들었다.

작금 무림의 역사는 정파 위주의 역사이다.

극음천살성과 천마는 모두 악마적인 존재들이다.

그렇기에 저평가되어 구전(口傳)된 것이 확실했다.

현천진인, 아니 이곳의 모든 사람들이 보고 느끼는 저 둘의 경지는 신급이었다.

저들은 역사의 재현이자, 전설의 재림이다.

이 무림이란 것을 없애기 위해 내려온 악 그 자체였다.

그것은 그가 전설로 전해 들어왔던 것보다 훨씬 공포스러웠다.

"……맹주님! 명령을 내려 주십시오. 이대로 저 둘을 이곳에 놔뒀다가는 무림맹이 완전히 초토화될 듯합니다. 저자에게 극음천살성의 택자를 무림맹 바깥으로 유인하라고 해야 합니다."

항마전주 자도운이었다.

그는 현천진인에게서 극음천살성이 나타날 것이고, 그에 대한 대비를 하라는 얘기를 들었었다.

그 대비는 비단 그에게만 국한된 것은 아니었다.

무림맹의 주요인물에게 모두 해당하는 것이었다.

자도운은 동봉수 또한 그 안배된 인물들 중 하나라고 생각했다.

그는 동봉수가 을지추를 베는 것을 보지 못했다.

그래서 아직 정확한 상황파악을 하지 못한 것이었다.

그가 어떻게 알겠는가? 저 싸움이 선 대 악이 아닌, 악 대 악의 처절한 사투라는 사실을.

현천진인이 떨리는 이를 악물며 말했다.

"안 되네. 할 수 없으이. 그냥…… 모두 일단 최대한 뒤로 물러나라 명하게."

"네?"

"저자는 아군이 아닐세."

"……네? 그럼 저자는 대체 누구입니까?"

"천마의 후예일세……."

"……천…… 마!"

현천진인과 자도운의 대화를 듣고 있던 모든 이들이
놀랐다.

어찌 아니 놀라겠는가.

극음천살성의 등장이야 이미 예견되었던 바인데, 갑
작스레 거기에 더해 천마의 후예라니!

그들이 놀라건 말건 동봉수와 연영하의 싸움은 더욱
더 치열하게 전개되어 갔다.

이미 둘을 중심으로 반경 백 장은 완벽하게 초토화되
어 있었고, 그 범위를 점차 넓혀 가고 있었다.

그에 따라 기파에 휩쓸린 피해자의 수도 기하급수적
으로 늘어나고 있었다.

동봉수는 중원에 나온 뒤, 단 한 번도 풀파워를 내보
인 적이 없었다.

무공과 [스킬]의 조합을 오롯이 활용하지 않았다는
뜻이다.

하지만!

'이제는 내일이 없을지도 모른다.'

자신이 이미 '이전 오늘' 실패했었다는 사실을 잘 알
고 있었기에, 그는 잠시의 망설임도 없이 모든 전력을
꺼내 들었다.

"으르르르— 컹컹!"

집채만 한 덩치의 애꾸 거랑 카이지가 다시 세상에 그 모습을 드러냈다.

동봉수는 카이지를 타고 바람 같이 움직였다.

그것의 넓디넓은 등 위에서 날카롭게 낭인검을 휘둘렀다.

검디검은 극음천살기가 수시로 둘을 집어삼키기 위해 달려들었다.

하지만 진화한 인랑일체는 예전보다 훨씬 강해져 있었다.

퍼펑—!

극음천살기에 밀리지 않고 뚫고 나와 연영하를 공격했다.

하나, 연영하는 그것을 비웃듯이 더욱 강한 공격을 퍼부었다.

새까만 그녀의 왼손 손톱 다섯 개가 십여 장 길이로 늘어났다.

좌좌좌작—!

천살기를 뚫고 나온 동봉수와 카이지를 향해, 연영하가 왼손을 사정없이 내리그었다.

다섯 손톱 하나하나에 새까만 천살강기가 살벌하게 맺혀 있었다.

"……."

그것을 바라보는 동봉수의 눈이, 뇌가 일순간 빠르게 돌아가며 주변 상황을 빨아들였다.

그것을 바탕으로 그의 인간 같지 않은 뇌가 정황을 파악해 최선책을 찾아내기 시작되었다.

이것을 피할 최선의 방법은? 연영하의 다음 공격은 어떻게 될 것인가? 혹시 피하면서 공격할 방도는 없는가?

짧은 순간 동봉수의 두뇌는 많은 걸 계산해 냈다.

스륵.

사라졌다.

콰과광—!

동봉수 뒤쪽 공간 백여 장에 긴 손톱 자국이 생겼다.

미처 피하지 못한 사람 수십 명이 한순간에 갈린 어육이 되었다.

파파팟.

동봉수와 카이지가 연영하의 등 뒤에 나타났다.

스킬 [보법]을 쓴 것이었다.

그의 계산상 가장 좋은 방법이었던 것이다.

한데!

펑―!

연영하의 등에서 새까만 극음천살기가 갑작스레 튀어나와 동봉수에게 격중되었다.

깨개갱깽―

"크으윽!"

"확실히 특이한 기술이긴 한데, 이미 몇 번 봤다구! 좀 더 새롭고 특별한 거 없어?"

이전 오늘 때 이미 모두 직접 겪어 봤기 때문에 그녀는 동봉수의 변칙적인 움직임이나 공격에도 아무렇지 않게 맞대응하고 있었다.

쾅! 쾅! 쾅!

격돌이 계속될수록 동봉수의 몸에는 상처가 늘어 갔다.

징그럽게 벌어진 상처 밖으로 피가 샘솟듯이 솟구쳤다.

카이지도 마찬가지였다.

녀석의 애꾸눈에 맺혀 있던 지독한 흉성이 갈수록 미약해지고 있었다.

"아직 모자라. 한참 모자라. 어제랑 하나도 다를 게 없잖아?"

채채챙—

그녀가 다시 한 번 공격을 가하며 말을 이어 갔다.

"이 정도로는 당신, 오늘도 죽어. 얄짤 없이. 나는 아직 제대로 놀지도 않았어. 내 쫄들도 마찬가지고."

그렇게 말하는 연영하의 눈이 빛 한 점 들어오지 않는 심해 저 밑바닥처럼 어두워졌다.

"놀이는 이제부터 시작인데 이 정도로는 곤란해, 당신."

연영하의 칠흑 같은 눈동자가 섬뜩하게 번들거린다.

동봉수는 무슨 생각을 하는지 모르겠지만, 여전히 침착했다.

온몸에 피 칠갑을 했음에도 그는 재차 움직였다.

"나도 아직이다."

잠시 소강상태였던 둘의 충돌이 다시 시작되었다.

\*　　\*　　\*

퍼버벙—!

엄청난 폭음이 또다시 울려 퍼졌다. 동시에 땅도 진동했다.

이번에도 그 진동이 느껴지는 방향은 북쪽, 바로 청신산 저 너머였다.

"역시 무림맹 쪽인가……."

병괴가 중얼거렸다.

"정말 지진이라도 일어난 것일까요?"

그의 옆에서 차분히 경공을 전개하고 있던 키가 크고 준수한 청년이 말했다.

그는 무림맹의 십각 가운데 월혼각(月魂閣)의 각주인 평위랑(平衛浪)이었다.

병괴의 좌우와 뒤에는 그뿐만 아니라, 백여 명의 젊은이들이 더 따라붙고 있었다.

그들은 월혼각을 비롯한 십각의 정예들이었다.

콰과광.

그사이 다시 한 번 폭발이 이어졌다.

병괴는 발을 멈추지 않으며 말했다.

"지진이 아니다. 내 이곳을 경험한 지 갑자가 다 되어 가건만 지진을 겪어 본 적은 없어."

"그럼 벽력탄이라도 터진 것일까요? 하지만 이 정도

로 계속해서 폭발이 이어진다는 건 벽력탄 수십 개가 연이어 터진 것일 텐데…….”

“틀렸어. 그것도 아니다.”

“그렇다면—”

“더 빨리 이동하세나. 무림맹에 무슨 변고가 생긴 것이 분명해. 어쩌면 벌써 그것들이 무림맹에 발을 들였을지도 모를 일이야.”

병괴는 평위랑의 말을 끊으며 더욱 속도를 올렸다.

그는 금세 저 멀찍이 앞서 나갔다. 그의 마지막 말이 바람 중에 흩어져 잘 들리지 않을 정도였다.

평위랑은 고개를 갸웃하면서도 속력을 더욱 높였다.

다른 이들도 그를 따라 경공에 박차를 가했다. 따라가지 못하는 이는 바로 뒤처질 정도로 병괴는 빨리 앞으로 나아가고 있었다.

‘대체 저분이 말씀하신 그것들이 무엇이관데…….’

평위랑은 궁금했지만 일단 참았다.

그에게는 병괴를 추궁할 권한이 없었다.

무림맹의 비봉공이란 직책은 무림맹 밖에서는 무림맹주의 권한을 대행할 수 있을 만큼 대단한 자리였다.

기실 그는 병괴가 무림맹의 비봉공인지 이번에 처음

알았다.

비봉공은 말 그대로 비밀스러운 봉공인지라, 무림맹
주가 아니고서야 아무도 알 수 없게 되어 있었다.

심지어 비봉공끼리도 서로가 비봉공인지 알지 못할
정도였다.

그런 불문율을 깨고 병괴가 그들 앞에 정체를 드러냈
다는 사실만으로도 놀랄 일이었다.


십각은 달포 전 맹주의 첩지를 받고 천마성과의 지엽
전을 멈추고, 병력의 반 이상이 무림맹으로 회군하고
있었다.

그러다가 정주에서 그리 멀지 않은 신밀(新密) 초입
부에서 병괴와 마주쳤다.


"시간이 없다. 날랜 자들 먼저 나를 따라나서라."


그가 어떻게 자신들을 찾아왔는지는 잘 몰랐다.

중요한 건 그가 비봉공의 표식인 등용비를 내보이며
명을 내렸다는 사실이었다.

바로 그 길로 경공이 빠른 이들을 추렸다.

그러고는 곧장 그를 따라 무림맹으로 출발했다.

맹주가 십각의 인원들을 긴급하게 맹으로 불러들인 일과 비봉공이 직접 나선 것만 봐도 뭔가 심상치 않은 변고가 맹에 발생했다는 뜻이리라.

'천마성과 직접 검을 맞대고 있는 십각까지 불러들일 정도라면……'

"뭐하는가? 어서 따라오게나!"

평위랑의 상념은 거기에서 끊겼다. 저만치 앞서 가던 병괴가 고개를 돌리며 더 빨리 달리라고 채근한 까닭이었다.

"넵, 비봉공!"

평위랑은 이제 경공에만 집중할 수밖에 없었다.

'젊은 친구, 때로는 모르는 게 약이라네.'

병괴는 평위랑을 비롯한 십각의 정예들이 지금 무림 맹에서 벌어지는 일에 대해 궁금해한다는 걸 잘 알고 있었다.

하지만 그는 일부러 그 내막에 대해 알려 주지 않았다.

아직 확실한 것이 아니었기 때문이었다. 물론, 지금의 진동이나 굉음 등을 봤을 때는 거의 확실시되고는 있었지만, 아직 눈으로 직접 확인한 것은 아니었다.

그는 그저 입을 꾹 다문 채 꾸준히 청신산 쪽으로 이동할 뿐이었다. 병괴는 평위랑을 다시 한 번 슥 보고는 그저 속으로 대답해 줄 따름이었다.

'수라진강시(修羅眞殭屍)……. 극음천살성이 정말로 그것들과 함께 나타난 것인가?'


태고(太古)이래 무림이 태동했고, 그 이후 강호는 수도 없이 많은 위기를 겪었다.

천마의 강림, 천중(天中)에 뜬 천살성, 관과의 극한 대립, 혈교의 창궐 등등.

하지만 이중에서도 가장 지독하고 저주받은 위기가 바로 강시술의 발명에서부터 비롯되었다.

강시술이란, 인위적으로 시체의 혈도를 모두 막아 생기의 흐름을 막고, 사기의 흐름을 이어 죽은 자의 상단전을 강제로 여는 대법을 말한다.

이 대법이 성공하면 인세를 떠돌던 온전치 못한 영이 시체에 들어온다.

이 영의 영성이 시체와 잘 들어맞으면 시체가 일어나 활동을 시작한다.

이를 생강시(生殭屍)라 한다. 곧 움직이는 뻣뻣한 시체이다.

생강시는 워낙 뻣뻣한 몸인지라 콩콩 뛰어다니는 수준에 불과하고 사고(思考)라는 걸 전혀 하지 못한다.

해서 만들어 봤자 전혀 무림인들에게 위협적이지가 않다.

그저 조금 몸이 딱딱한 일반인 정도밖에 되지 않는다.

하지만 이 생강시에 여러 가지 추가적인 대법을 시행하면, 다른 강시로 재제조(再製造)할 수가 있다.

몸이 철보다 더욱 단단하다는 철강시(鐵殭屍), 지독한 혈정(血精)을 품어 그 위력이 생강시의 몇 배에 달하는 혈강시(血殭屍), 온몸을 독으로 무장한 독강시(毒殭屍) 등등 아주 다양한 재제조 강시들이 있는데, 이를 이차강시(二次殭屍)라고 한다.

그러나 이 이차강시들도 생강시보다 조금 낫다 뿐이지, 실상 그다지 유용하지는 않았다.

왜냐하면, 그들은 여전히 뻣뻣한 몸을 가지고 있었기 때문에 이동에 치명적인 장애가 있는 까닭이었다.

이때까지만 해도 시체를 다룬다는 거부감을 제외한다

면 강시술은 그렇게까지 두려운 기술이 아니었다.

실제로 당문 같은 조금 애매한 정사지간의 문파에서도 공공연히 연구할 정도로 흔한 연구소재 중 하나일 뿐이었다.

진짜 문제는 제환혈교(祭幻血敎)라는 사특한 무리들이 등장하면서 발생했다.

처음 이 단체가 중원에 등장했을 때만 해도 아무도 그들을 주목하지 않았다. 무림인들이 보기에, 이들은 그저 하찮은 사교(邪敎)에 불과했었으니까.

불로불사(不老不死).

유사 이래 진시황을 비롯한 수많은 군주들과 강호의 절대자들이 추구했던 궁극의 목표. 하지만 그만큼 허황된 신기루.

그러나 그 신기루가 또한 사람들을 더할 수 없이 현혹시킨다는 사실을 부정할 사람은 아무도 없었다.

영생불멸(永生不滅).

이것만큼 매력적인 게 있을 턱이 없었다.

영원히 살면서 천하를 호령한다. 이 얼마나 멋진 일인가.

제환혈교는 이 영생불사를 미끼로 사람들을 미혹하는

일종의 유사종교였다.

하지만 이전 유사종교들이 그랬듯, 이런 사이비종교들은 한때에 불과했다.

결국에는 사그라지고 세상에서 없어진다.

진짜 영생불사를 이루지 못한다면 말이다.

때문에 제환혈교의 주술사들과 사제들은 진짜로 이 불가능에 도전했다.

이들이 불사를 달성하기 위해 선택한 방법이 바로 강시술이었다. 죽은 시체에 본래 주인의 영이 강림해서 생전과 똑같이 움직이고 원래의 기억을 회복할 수만 있다면 그거야말로 불사의 완성이라 본 것이다.

그렇게 그들은 음지에서 수백 년간 강시술과 강림술을 연구했고, 마침내 아무도 해내지 못했던 삼차강시(三次殭屍)를 개발해 냈다.

삼차강시는 앞서의 강시들과는 달리 몸이 뻣뻣하지 않았고, 심지어 걷거나 뛸 수도 있었다. 또한, 독자적인 판단하에 움직일 수도 있었다.

그뿐만이 아니었다.

삼차강시의 진짜 무서운 점은 생전의 무공을 고스란히 사용할 수 있다는 것이었다.

관절이 자유자재로 움직이고, 육체의 강함은 생전에 비할 수도 없으며 고통을 느끼지 못한다는 점은, 실로 대단한 진보였고 경악스러운 일이었다.

제환혈교의 사제들은 이 저주받은 괴물에게 활강시(活殭屍)라는 멋진 이름을 붙였다. 비로소 불사를 향한 첫발을 떼었다는 기념비적인 명칭이었다.

이때까지만 해도…….

그들은 자신들이 만들어 낸 이 괴물들이 얼마나 무서운 것인지 알지 못했다.

그들은 그저 활강시를 이용해 교세를 확장할 생각에만 사로잡혀 있었다. 더 나아가 국교(國敎)가 될 수도 있을 것이라는 꿈에 부풀었다.

제환혈교의 교주는 강호제파(江湖諸派)와 부유한 상인들에게 자신들의 연구성과인 활강시의 탄생을 성대히 알렸다.

그것의 위험성에 관해 전혀 알지 못했던 강호의 문파들은 제환혈교의 본단에 구름처럼 몰려들었다.

삼차강시라는 활강시를 보기 위해서…….

그것이 재앙의 시작이었다.

실제로 그곳에서 깨어난 활강시는 전혀 통제가 되지

않았던 것이다.

제환혈교를 찾았던 무림인들과 영생을 원하던 부호들은 한순간에 도륙되었고, 제환혈교 또한 완전히 무너졌다.

교주를 위시한 사제들과 주술사, 일반신도까지 모두 죽었다.

이후 활강시들은 중원으로 뛰쳐나왔다.

강호에 어마어마한 혈겁이 불어닥쳤다.

피가 강이 되어 흘렀고, 시체가 산하를 뒤덮었다.

사람들은 활강시를 수라혈강시(修羅血殭屍)라고 부르기 시작했다.

관이건 무림이건, 정이니 사니 마니 할 것 없이 모든 중원인들이 이 수라혈강시를 파괴하는 데에 합심했다.

전투는 지독히도 치열했으며, 셀 수도 없이 많은 이들이 죽어 나갔다.

당시 인명피해는 집계가 불가능할 수준이었다.

반면, 수라혈강시의 수는…….

'단 열 구에 불과했었지.'

이후 강시연구는 완전히 중지되었고, 몇몇 문파에서만 비밀리에 이어져 올 따름이었다.

하나, 이 수라혈강시에 대한 정보나 이야기는, 천마나 극음천살성과 함께 전설로 남았다.

또한, 당시 강시연구자들이 남긴 서책 대부분은 불태워졌지만, 그 비전 중 일부가 무림맹 비봉공들에게 구전되었다.

그중 어떤 책에 이런 글귀가 적혀 있었다고 한다.


만약 수라혈강시가 통제 가능하다면, 나는 그것을 사차강시(四次殭屍)라고 부를 것이다. 그리고 비로소 주검이 인간병기로서 완성되었기에 나는 다시 그것을 수라진강시라 명명하겠다.


궁극의 살아 움직이는 시체.

그 책 저자의 이론에 의하면 시체들을 완벽히 통제할 수 있을 정도의 정신감응이 가능한 자가 있다면 얼마든지 삼차강시가 사차강시가 될 수 있다고 했다.

하지만 제환혈교는 멸망했고 그들의 연구결과는 모두 사라졌다.

그래서 강시연구는 완전히 퇴보했고 영원히 묻혔다.

아니, 그럴 것이라고 믿어졌다.

한데, 그렇게 잊혀진 수라혈강시의 흔적이…….

현천진인의 명으로 극음천살성의 흔적을 쫓던 병괴에게 우연히 발견되었다.

그것도 극음천살성이라는 악마의 흔적과 함께 말이다.

그 흔적은 분명…….

'수라혈강시를 마음먹은 대로 통제하고 있었다.'

만약 자신이 본 것이 확실하다면 이론으로만 존재하던 수라진강시가 무림에 나타난 것이리라.

그리고…….

그들의 흔적이 향하고 있던 방향은…….

'무림맹!'

그의 발걸음이 더욱 빨라졌다. 아니, 그러려고 했다.

우뚝.

가일층 속력을 붙여야 될 상황에서 병괴는 오히려 발을 멈췄다.

"왜 그러십니까?"

평위랑은 의아해하면서도 그를 따라 멈춰 섰다. 그러다가 곧 그가 왜 멈춘 것인지 알게 되었다.

"저…… 자들은 도대체……?"

언제 나타난 것일까.

수백 명은 됨직한 죽립인들이 청신산 초입부에서 그들을 기다리고 있었다.

그들이 하나의 단체에서 나왔다는 건 쉽사리 짐작할 수 있었다.

하나같이 죽립을 눌러쓴 것과 마찬가지로, 입고 있는 옷은 모두 칠흑같이 검은색이었다.

보통 저런 인상착의를 가진 이들은 세 가지 부류 중 하나이다.

도적패, 자객단, 그리고 사교무리.

그 어느 쪽이건 좋지 못한 목적을 가진 집단임이 분명하다.

평위랑은 허리춤 옆으로 천천히 손을 뻗어 갔다.

그곳에는 변방에서 천마성도들의 피를 듬뿍 맛본 그의 애검이 있었다.

착.

싸한 검집의 느낌이 손을 자극할 바로 그때였다.

"제기랄. 늦었군……. 벌써."

파파팟—

병괴의 낮은 욕설과 함께 흑의죽립인들이 움직이기 시작했다.

*　　*　　*

"단주님, 방금 들어온 정보인데 정체불명의 인원들이 이쪽으로 다가오고 있다고 합니다."

을지태는 무화문루(武和門樓, 무화문 위에 지어진 누각) 위에서 분주히 움직이고 있었다.

현천진인의 명령으로 무화문 주변과 저 멀리 관도 쪽 등 외부에 대기 중이던 인원들을 다급히 불러들이던 중이었다.

하나, 상황이 여의치가 않았다.

동봉수와 연영하 간의 싸움이 본격화되면서 무화문 쪽으로 몰려드는 사람들의 수가 점점 더 많아지고 있었기 때문이었다.

그는 혼란한 상황을 수습하랴, 무사들을 소집하랴 정신이 하나도 없었다.

이때 응양반의 반수(班首)인 한자오(韓慈鳥)가 다가와 이상한 말을 전했다.

응양반은 멸음반과 더불어 무림맹의 정보단체였다.

멸음반이 무림맹의 음지에 스며든 적과 싸우는 집단
이라면, 응양반은 무림맹의 외부에 나가서 적극적으로
정보를 수집하는 집단이었다.

그런 응양반의 수장이 말하는 정체불명의 인원이라는
단어가, 바쁘게 뛰던 을지태를 멈추게 했다.

"그게 무슨 소리인가? 강호보위단이 무림맹 주변 전
역을 감시하고 있네. 대체 누가 그들 모두를 속이고 무
림맹으로 다가올 수 있다는 말인가?"

"그것이…… 일각 전부터 외부로 나가 있던 응양반
원들과 연락이 닿지 않습니다."

"……지금 그 정체불명의 인원들이 이 근방 전체에
퍼져 있는 무림맹의 무사들과 정보원들을 일시에 제거
했단 말인가?"

한자오는 대답하지 못했다.

자신이 생각해도 말이 되지 않는 일이었다.

하지만 또한 실제로 닥친 일이었다. 보고하지 않을
수가 없었다.

"네, 처음에는 저도 긴가민가했는데…… 방금 응양
반 소속 망루지기가 엄청난 수의 흑의인들이 나타났다

고 보고 했습니다."

"엄청난 수?"

"정확히는 알 수 없으나, 최소 수천은 된다 합니다."

"수천?!"

"……어쩌면 일만이 넘을 수도 있을 것 같다고 합니다."

을지태는 금세 사태의 심각성을 감지했다.

"정주 성내에 나가 있던 인원들은? 설마…… 그들과도 불통된 건가?"

"네, 그들과 완벽히 연락이 끊겼을 뿐만 아니라, 정주성으로 떠났던 추가적인 연락책들에게서도 소식이 없습니다."

"……!"

어불성설이다.

바로 한 시진 전까지만 하더라도 모든 통로로 연락이 가능했고, 접근하고 있던 인원들도 없었다.

징조도 전혀 없었다. 심지어 구경꾼들도 끊임없이 무화문 안으로 들어왔지 않은가?

'대체 어떻게?'

을지태는 혼란스러웠다.

그때였다.

"단주님! 저기 보십시오!"

갑자기 한자오가 저 멀리 북쪽 숲을 가리켰다.

을지태가 바라보니 뭔가 새까만 것들이 숲에서 관도 쪽으로 마구 쏟아져 나오고 있었다.

그 수가 너무 많아서, 마치 개미떼가 새까맣게 몰려온 듯 보였다. 하지만 을지태는 그것이 개미가 아니란 걸 잘 알았다.

거리가 너무 멀어서 그런 것일 뿐, 그것들은 흑의죽립인들이었다.

"……!"

을지태는 그 즉시 외성 벽에서 가장 높은 위치인 문루(門樓)의 지붕 위로 뛰어올랐다. 을지태는 곧장 사방을 쫙 훑어봤다.

"관도 방면뿐만이 아니구나……."

그는 계속해서 문루 지붕 위에 위태롭게 선 채 사위를 살폈다.

"……."

꽉 막혔다.

너무 어이없어서 말문이 꽉 틀어막힌 것처럼.

청신산 방면을 제외한 모든 방면에서 어마어마한 병력이 몰려들고 있었다.

어쩌면 청신산 저 뒤편도 이곳과 마찬가지일지도 모른다.

단지 여기서 확인을 할 수 없을 뿐……

"저런 자들이 이곳까지 올 동안 도대체 정주 관병들은 무얼 했단 말인가……?"

한자오 또한 어이없기는 마찬가지였다.

상식적으로 저 정도 인원은 아무리 무림인이라 하더라도 함부로 움직일 수 없었다.

관이 봐줄 수 있는 한계선이라는 것이 있다.

특히나 정주와 같이 크고 중요한 성도는 더욱 그러했다.

만이 넘는 병력이 관의 허가도 없이 움직이다니……

을지태의 냉막한 얼굴이 더욱 차갑게 내려앉았다.

"정주도 지금 공격당하고 있을 것이다."

"……네? 하지만 여기서 보기에는 조용한 걸로 보입니다만……?"

한자오의 말마따나 문루에서 보이는 정주성은 고요해 보였다.

하지만 을지태가 보기에는 아니었다. 그는 문루 지붕 위에 올랐기에 한자오보다 좀 더 시야 확보가 잘 되었다. 게다가 그의 무공이 훨씬 더 높았기에 안력 또한 월등했다.

"정주성은 이미 함락되었다. 저들의 주력이 오고 있는 방향이 북쪽이다."

"……!"

을지태의 말에 한자오도 깨닫는 바가 있었다.

저들은 숲길을 뚫는 관도와 그 양옆의 수풀에서 튀어나왔다.

그리고 그 모든 지역은 정주 관하의 관할지였다.

'그 말은…….'

을지태가 손을 들어 북쪽 숲 너머 정주성을 가리켰다.

한자오가 을지태의 손가락이 가리키는 쪽을 따라 바라봤다.

그쪽은 정주의 승선포정사사(丞宣布正使司)와 도지휘사사(都指揮使司)가 있는 곳이었다.

즉, 정주의 통치기관과 군정기관이 있는 곳이었다.

하나, 그가 선 곳에서는 그저 높다란 건물 두 채의

윤곽만 간신히 알아볼 수 있을 정도였다.

하지만 을지태의 눈에는 뚜렷이 보였다.

승선포정사사와 도지휘사사 내부에서 벌어지고 있는 치열한 칼부림이…….

도대체 어떻게 된 것인지는 모르겠으나, 흉수들은 정말 한순간에 정주성을 장악한 것으로 보인다.

"저들은 무림맹을 공략하기 위해 아예 정주성까지 무너뜨렸구나……."

"……그 말씀은 저들이 관, 아니 황실에 반기를 든 자들이란 말씀이십니까?"

"아닐 것이다. 잘은 모르겠지만, 저들이 노리는 건……."

을지태는 고개를 한 번 내젓고는, 천 년 전 전설에 대해 떠올려 봤다.


**검고 차가운 별이 뜨고 그것이 지상에 강림하면,
세상은 침묵에 빠진다.**


"세상이겠지."

"네?"

"저들은 세상을 완전히 뒤집어엎으려는 것이다."

검고 차가운 별은 이미 중천에 떠올랐고, 천마의 후예까지 나타난 것 같았다.

그렇다면 천하의 운명은 진짜 풍전등화(風前燈火)였다.

"그, 그런!"

한자오는 너무도 엄청난 을지태의 말에 말문이 막히고 말았다.

을지태는 그런 한자오에게 말했다.

"너는 지금 즉시 맹주께 가서 이 상황에 대해 알리거라. 나는 곧장 무화문을 닫아야 할 것 같다. 이대로 사람들을 그냥 내보낸다면 저 바깥에 몰려온 흉수들에게 모조리 당하게 될 터. 맹주께는 선행후고(先行後告) 한다고 전하라."

실제로 성벽 아래쪽은 빽빽이 몰려든 인파에 발 디딜 틈도 찾기 어려울 정도였다.

이미 밖으로 빠져나간 인원들도 꽤 되었다.

그들 중 발이 빠른 몇몇은 이미 흑의죽립인들이 있는 곳으로 제법 가까이 다가간 이들도 있었다.

그리고 어느 순간, 예정되었던 대로 흑의죽립인들이

무림맹 쪽으로 돌진을 개시했다.

그 가운데 최선두로 도망치던 이들은 속절없이 죽어
나갔다.

퍼버버벅!

으악, 아아악!

관도변과 무림맹 앞 공터에 살육의 장이 열렸다.

한자오는 그것을 바라보다가 입술을 약하게 질끈 깨
물고는 성벽 아래쪽으로 뛰어내렸다.

그때였다.

파팟―!

"헉……!"

도망치기 위해 무화문 쪽으로 몰려왔다고 생각되던
사람 중 한 명이 성벽에서 뛰어내리는 한자오를 향해
갑자기 뛰어올랐다.

그의 머리에는 죽립이 씌워져 있었고, 손에는 새까만
묵철장검 한 자루가 쥐어져 있었다. 그는 일말의 망설
임도 없이 한자오에게 일검을 떨쳤다.

까가강.

한자오는 응양반의 수장답게 전혀 예상치 못한 기습
에도 순간적으로 검을 꺼내 막았다. 하나, 그럼에도 자신이 죽는 것을 막지는 못했다.

퍼버벅—

죽립인의 검이 한자오를 검과 함께 통째로 갈라 버린 것이었다.

후두두둑.

피비와 육편이 무화문 위에 흩뿌려졌다.

그것이 신호였을까?

갑자기 무화문 입구 근처의 군중들 중 일부가 병기를 꺼내 일시에 옆에 있는 자들을 공격하기 시작했다.

또한, 산발적으로 흩어지던 이들 중에서도 갑작스럽게 무차별 공격을 감행하는 사람이 있었다.

삽시간에 수십 명이 죽어 나자빠졌다.

그사이 흑의죽립인들은 더욱 빨리 무화문으로 몰려 들어왔다.

이제 차 한 잔 마실 시간이면 그들이 무림맹 안으로 쏟아져 들어올 것이다.

타다닥.

한자오를 벤 죽립인은 성벽을 날다람쥐처럼 밟으면서 무화문루 위로 올라왔다.

그는 올라오자마자 자신에게 달려드는 강호보위단원

들을 도륙했다.

강호보위단원 가운데 죽립인의 일검을 제대로 받아내는 이는 아무도 없었다.

머리와 팔다리가 이곳저곳 할 것 없이 사방으로 비산하며 무화문루 내부를 더럽혔다.

무화문루를 비롯한 성벽 위와 마찬가지로 성벽 아래쪽과 무화문 주변도 수라장으로 변했다.

지옥도의 한 폭이 이곳에 현실로 고스란히 화해 내려앉았다.

저 안쪽 비무대 쪽에서 들려오는 굉음도 한층 커졌다.

도망치던 사람들은 이제 어느 쪽으로 가야 할지 몰라 갈팡질팡하면서 죽어 나갔다.

을지태는 눈을 감았다.

까가강, 으악, 사람 살려, 씨발…….

온갖 병기음, 비명과 곡성, 욕설 등이 뒤섞여 사방을 잠식해 들었고, 그의 가슴을 답답하게 했다.

한데 희한하게도 이때 동봉수가 생각났다.

'천마의 후예일지도 모르는데…… 이상하게 자네가 떠오르는군. 나도 모르게 말이지.'

알 수 없는 기대감이 뇌리를 스친다.

그저 그동안 본 동봉수에게 속아서 그런 것일지도 모르지만…… 꼭 그것만은 아닐지도 모른다고 믿고 싶었다.

'자네가 만약 정말 천마의 후예라면 천 년 전 천마처럼만 해다오.'

천마는 천 년 전 극음천살성을 패퇴시켰다.

을지태는 그렇게만 된다면 그가 이 무림을 발아래 두어도 불만이 없을지도 모르겠다고, 아주 잠깐 생각했다.

'천마가 그랬던 것처럼.'

을지태가 눈을 떴다.

이미 천지사방 그 어느 곳을 봐도 목불인견(目不忍見)의 참상이 벌어지고 있었다.

그리고 그의 앞에는 한자오를 벤 흑의죽립인이 서 있었다.

그자의 검은 이미 이 무화문루를 지키던 강호보위단원 전원의 피를 듬뿍 머금고 있었다.

뚝뚝.

검끝을 타고 핏물이 흘러내린다.

그걸 바라보는 을지태의 눈이 차갑게 가라앉았다.

"네놈들은 누구냐?"

그의 목소리가 또한 그토록 차가울 수가 없었다.

마치 만년한설처럼.

"……."

죽립인에게서는 아무런 대답이 없었다.

검을 쥔 그의 손 빛깔, 무저갱처럼 깊은 어두운색이 점점 더 짙어질 뿐이었다.

"네놈들은 누구냐?"

이미 짐작은 하고 있었지만, 그래도 다시 물었다.

그게 자신이 해야 할 마지막 일일지도 몰랐기에.

하나, 죽립인은 그저 말없이 을지태를 향해 달려들었다.

파라락.

벗겨진 죽립을 넘어 그의 손보다 더욱 검은 눈동자가 드러났다.

그것은…….

인간의 눈이 아니었다.

바로 망자의 그것이었다.

죽은 자, 죽었던 자, 떠나야 할 때 못 떠난 자.

이를 강호에서는 강시라 불렀다.

"……강시…… 였나."

처음 을지태는 단순히 극음천살성과 함께 나타난 마졸들이라고 여겼었다.

한데, 그걸 뛰어넘는 놀라운 사실에 그의 차가운 얼굴이 더욱 굳어졌다.

하나, 그는 금세 신색을 회복하며 도를 뽑아 들었다.

"와라. 네놈이 무엇이건 간에 나의 주검을 넘어야 할 것이다. 그렇지 못한다면 이 파천패도의 도에 천참만륙(千斬萬戮) 당하리라."

우우웅—

을지태의 회포자락이 급격히 부풀어 올랐고, 그의 도 끝을 타고 지독히도 차가운 회색강기가 한 자 가까이 솟아 나왔다.

까가강.

을지태와 죽립인, 바로 팔황천살조 제칠호(第七號)의 도와 검이 서로 맞부딪쳤다.

묵철검과 회색강기가 십자를 이루고는 둘의 눈앞에 맞대어졌다. 제칠호의 차갑게 희번덕이는 흑안(黑眼)이 을지태의 눈에 고스란히 들어왔다.

"사기(死氣)와 천살기의 조합이로구나……."

이제 완벽히 확신할 수 있었다.

이놈은 극음천살성의 피조물(被造物)이었다.

이것들은 오늘 무림맹에, 사람들이 가장 많이 밀집해 있을 때를 노린 것이 분명했다.

빠직, 빠지직.

을지태의 이마에 굵은 핏줄이 툭툭 불거져 나왔다.

강기를 극성으로 뽑아냈음에도 을지태의 도가 차츰 뒤로 밀려났다.

제칠호의 내력이 을지태에 비해 우위에 있다는 방증이었다.

"평생을 도와 함께 살아왔건만 고작 시체 따위의 검한테 밀리다니. 하아압!"

그가 큰 기합성을 내지르며, 있는 힘껏 제칠호를 뒤로 밀쳐 냈다.

파라라락―

제칠호는 뒤로 퉁겨지는 힘을 이용해, 오 장 정도 떨어진 곳까지 날아가 착지했다. 그런데 그 몸을 쓰는 모습이 마치 구름 속을 노니는 용처럼 웅장하고 아름다웠다.

"……운룡대구식(雲龍大九式)?!"

처음에는 잘못 본 것인 줄 알았다.

한데, 그게 아니라는 걸 깨닫는 데에는 그리 긴 시간이 필요치 않았다.

팟—

제칠호가 재차 을지태와의 거리를 좁혀 왔다.

그 모습이 용이 꿈틀거리며 하늘을 누비는 양 멋스럽고 빨랐다. 그에 을지태는 또다시 놀랄 수밖에 없었다.

"용형보(龍形步)!"

운룡대구식에 이어 용형보까지.

이 두 가지는 곤륜을 대표하는 신법과 보법이다.

어떻게 강시가 이런 무공을 쓸 수 있단 말인가?

깊게 생각할 틈은 없었다.

어느새 제칠호가 그에게 검을 뻗어 왔기 때문이었다.

콰과과과각—!

제칠호의 검에서 빗살 같은 강기 다발 수십 개가 일시에 뻗어 나왔다.

"……!"

강기가 다발로 날아드는 것 때문에 놀란 것이 아니었다. 이번에도 제칠호가 운용하는 검법의 검로 자체가 을지태의 눈에 들어왔다.

용이 비를 맞으며 노니는 모습. 그리고 그 용이 폭우를 뚫고 일시에 비늘을 살처럼 쏘아 보내는 광경.

그것은…….

바로 유룡검(遊龍劍)이었다.

우우웅―

절체절명의 순간, 을지태의 도가 둔중하게 아래로 내려졌다. 언뜻 지금 이 순간에 어울리지 않는 느린 움직임처럼 보였지만, 실은 을지태 필생의 깨달음이 담긴 일초였다.

파천강우(破天罡雨).

하늘을 깨뜨리는 강기의 비.

쫘좌좌좍.

그의 도에서 뽑혀 나온 강기가 다른 강기를 낳고, 그 강기가 또 다른 강기를 낳았다.

삽시간에 수십 개의 강기가 벽을 만들더니 이내 비처럼 제칠호에게 발출되었다.

쩌어엉! 퍼버버벅!

강기의 비가 제칠호의 강기 다발을 허공에서 해소시켰다.

하지만 파천강우는 그 강력함만큼이나 막대한 내공을

필요로 하는 초식이었다.

'역시 아직은 무리였나.'

을지태의 한쪽 입가로 가는 한 줄기의 핏물이 슬며시 새어 나와 턱 쪽으로 흘러내렸다.

무리한 내공운용으로 내상을 입은 것이었다.

그러나 내상보다는 정신적인 타격이 더욱 컸다.

제칠호의 정체……. 그것이 문제였다.

"곤패윤룡(崑覇崙龍) 하일악(荷一嶽)이 강시가 되어 나타나다니……."

하일악은 백 년 전 곤륜제일고수였고, 당시 천하에서 열 손가락 안에 꼽히는 초절정고수였다.

을지태가 제칠호를 하일악이라고 확신하는 이유는 유룡검 때문이었다.

유룡검은 하일악의 대까지만 하더라도 곤륜장문인의 상징이 되는 검법이었다.

한데 하일악이 실종되면서 함께 실전된 무공이었다.

그로써 하일악은 전대 곤륜장문인 중 유일하게 곤륜산에 묻히지 못한 사람이 되었다.

그런데…….

그런 그가 이곳에 강시로 변해 나타나다니.

"크—"

하일악이 폐를 긁어 파는 듯한 음성을 토해 냈다. 그
러고는 곧바로 다시 검을 위로 치켜들었다.

"역시 강시인가……."

을지태는 한 번 사용하기도 어려운 강기속(罡氣束)을
쓰고도, 하일악은 아무렇지도 않은 것처럼 보였다. 이
제 곧 다시 한 번 그 빗살형의 강기 다발이 날아들 것
이다.

"후후후……. 저런 괴물이 얼마나 더 왔을까?"

분명 하나는 아닐 것이다.

허탈함에 입꼬리가 절로 살짝 올라가고 있었다.

차가운 그의 얼굴에 참으로 오랜만에 맺힌 한 줄기
웃음이었다.

"부탁하네. 이제는 자네뿐일 것 같네. 비록 자네가
천마일지라도…… 오늘만큼은 참아 주겠네. 지금 이곳
에 필요한 건 악마인 것 같으니."

콰우우!

하일악의 검이 다시 한 번 용의 비늘을 뿜어냈다.

파카카카캉—

을지태의 몸에서 일순간 강대한 기력이 솟아 나와 다

시 한 번 강기의 비를 쏟아 낼 수 있었다. 그에 어렵사
리 하일악의 공격을 막아 냈다.

"읍! 웩!"

그가 주먹만 한 핏덩이를 두어 번 게워 냈다.

너무도 다급한 상황인지라 원천진기(原泉眞氣)까지
끌어 올려 강기속을 발출한 탓이었다.

정상적인 방법으로는 더 이상 파천강우를 펼칠 수가
없었기 때문이었다.

막힌 어혈을 토해 내고 나니 답답한 속이 조금 나아
졌다.

"후— 좀 낫군. 하나……."

아마 얼마 버티지 못할 것이다.

진원진기는 생명의 근원이다.

그런 것을 무한히 쏟아 낼 수 있다면 그건 이미 사람
이 아닐 테지. 저기 저것처럼.

을지태는 피가 나게 입술을 깨물며 마지막 힘을 끌어
모았다.

"으랴압—!"

을지태가 큰소리를 지르며 맹호처럼 하일악을 향해
날아들었다.

그렇게 파천패도 을지태 일생의 마지막 싸움이 시작되었다.

그리고,

그때 다시 한 번 중대로 쪽에서 새하얀 빛이 퍼져 나와 무림맹 전역을 뒤덮었다.

그것이 하늘을 뒤덮고 있던 시꺼먼 기운을 일거에 밀어내는 것처럼 보였다.

착각일 테지만, 을지태는 기분이 좋아졌다.

그의 다른 한쪽 입꼬리가 마저 올라가며 완벽한 미소를 만들어 냈다.

"저승길 길동무로 곤패윤룡 정도면 충분할 테지."

문득 이런 생각이 들었다.

그러게 진작 혼인이라도 해 둘걸.

처자식이라도 있었다면 도망칠 명분이라도 있었을 텐데 말이다.

"크르르—"

검은빛을 일순간이라도 밀어낸 하얀빛에 기분이 더러워진 듯 하일악이 격하게 을지태를 향해 마주 짓쳐 들었다.

　　　　*　　　*　　　*


우우우우—

살아 움직이는 망자(亡者)들이 울부짖었다.

그들의 눈에 일제히 검은 생기가 감돈다.

죽은 자들의 시간이 돌아왔다.

경배하라. 황천(黃泉)의 여황에게.


　연영하가 동봉수와 충돌하면서 천지사방으로 뿌려 대는 칠흑 같은 어둠에 망자들이 반응하며 각성했다.

　아홉의 팔황천살조뿐만이 아니었다.

　그들의 통제를 받던 무강시(武殭屍)들 또한 자연스레 그녀의 의지에 따라 미친 춤을 추기 시작했다.

　그들은 마치 살아 있는 사람처럼 구경꾼들 사이사이에 껴 있었다.

　죽은 자들이 옆에 서 있던 산 자들을 사냥했다.

　곧 죽음이 무림맹 안에 만연했다.

　산 자들은 무화문 쪽으로 도망쳤다.

　하지만 그곳에도 피에 굶주린 망자들이 쏟아져 들어왔다.

또다시 죽음이 판을 쳤다.

일부 무림인들 중에는 이십 장에 달하는 무림맹의 외벽 쪽으로 달려가는 이들도 있었다.

웬만한 사람은 넘을 엄두도 내기 어려울 정도로 높았지만, 벽호공(壁虎功)을 익힌 사람들은 도마뱀붙이가 벽을 기어오르듯 오를 수 있었다.

그것이 가능한 자들은 무화문 쪽이 아닌 동서 외성벽 끝으로 가서 벽을 타 무림맹을 벗어나려 했다.

하지만…….

그쪽도 이미 막혀 있었다.

퍼버버벅—!

쉬이익—

무화문을 통해 쏟아져 들어오는 것들과 똑같은 것들.

즉, 무강시들이 무림맹의 외벽을 넘어 안쪽으로 밀려들어오고 있었다.

무림맹의 무사들은 추풍낙엽처럼 으스러졌다.

기껏 힘겹게 외벽 위에 올라서 봐야 아무런 소용이 없었다.

간신히 그것들의 머리에 검을 박아 넣어도 무소용이었다.

상대는…….

"뭐, 뭐야?! 머리가 잘렸는데 안 죽어? 서, 설마 가, 강……?"

퍽.

강시였다.

이미 죽었기에 머리가 잘린다고 하더라도 죽지 않는 바로 그런 살아 있는 시체들.

이제 무림맹 내 모든 생존자들이, 상대가 강시라는 사실을 알게 되었다.

퍼퍽.

"끄아악!"

"살려 줘!"

"이 개새……."

얼마 지나지도 않았는데 강시들이 새까맣게 무림맹 안으로 들어왔다.

도대체 무림맹은 왜 일이 이렇게 될 때까지 몰랐는가 하는 걸 생각할 겨를도 없었다.

모든 이들은 그저 살기 위해 이리 뛰고 저리 뛰어다 닐 따름이었다.

그래서 결국 그들은 다시 중대로로 돌아왔다.

그나마 자신들을 지켜 줄 수 있는 고수들이 밀집해 있는 곳이 중대로였기에.

하지만 그럼에도 동봉수와 연영하라는 괴물들의 싸움에 휩쓸리는 것까지 막을 도리는 없었다.

펑, 퍼버벙—!

끄아아악—!

"당신 대체 언제 세지는 거야? 아직 전혀 모르겠는걸?"

연영하는 허공에 부유해 있었다.

능공허도(凌空虛渡)나 어풍비행술(御風飛行術)이 아니었다.

그냥 대기를 잠식하고 있는 천살기를 밟고 서 있는 것이었다.

천살기가 그녀의 의지가 가는 대로 움직이기에 그 모습이 마치 공중에 뜬 것처럼 보일 뿐이었다.

그녀는 심드렁한 표정으로 동봉수를 내려다보고 있었다.

"후욱후욱……."

걸레쪽이 다 된 동봉수가 지독히도 무거운 숨을 몰아쉬고 있었다.

이제는 그의 발아래 펼쳐져 있는 폐허와 구별이 잘되지 않을 정도로 그의 육체가 엉망이 되어 있었다.

서 있는 게 신기할 만큼.

그럼에도 그의 표정만큼은 침착했다.

그것이 어떻게 보면 나른하게 보이기도 했다.

또 어떻게 보면 여유가 넘치는 것처럼 보이기도 했다면 착각인 걸까?

그가 카이지의 헝클어진 머리 터럭을 차분히 쓰다듬으며 말했다.

"이제 곧."

연영하의 눈이 다시금 번들거리며 그 시커먼 광기를 마구 뿜어냈다.

"이제 곧? 나는 참을 만큼 참았어. 아무리 당신이라도 더 기다려 줄 수는 없을 것 같아."

"크크크. 그럼 참지 마. 뭐하러 힘들게 참아?"

동봉수가 덜렁거리는 왼팔을 끼워 맞추며 낮게 조소했다.

연영하는 그런 그가 재미있으면서도 이해되지 않았다.

어떻게 저렇게 여유 있을 수가 있지?

"어제 지금 하고 똑같은 상황이 있었지. 당신, 그때

내가 질문했던 것 기억나?"

기억할 수 있을 리가 없었다.

그때의 기억은 모두 리셋 되었다.

동봉수는 끼워 맞춘 팔을 한 바퀴 돌려보며 말했다.

"뭐라고 물었었지?"

빠그작 빠그작.

덜그럭거리는 뼛조각이 견디기 어려운 극통을 유발했
지만 그의 표정에는 변화가 없었다.

그에게는 일단 이 왼팔을 한두 번 더 쓸 수 있다는
사실이 중요했다.

그거면 충분했다.

다른 사실이나 감정은 중요치 않았다.

연영하가 그런 그를 보며 어제—이전 오늘의 기억을
다시 돌이켜 봤다.

"뭐하냐고."

"내가 뭐라고 대답했나?"

"뭐라고 했을 거 같아?"

동봉수는 일말의 망설임도 없이 대답했다.

"노력."

이전하고 같은 답이었다.

연영하가 동봉수를 오연하게 내려다보며 말했다.

"그래, 그거였어. 그리고 내 대답은 그때나 지금이나 똑같아. 당신은, 이미 끝났어."

"아직 죽지 않았다."

동봉수의 대답은 여전히 그때 그대로였다.

연영하가 피식 웃으며 이전과 똑같이 답했다.

"이제 죽일 거야."

이번에 예정된 그의 대답은 '그래도 아직은 안 죽지 않았는가' 겠지.

'역시 저자도 정해진 운명을 바꾸지는 못했어. 빌어먹을 하늘은 오늘도 똑같고 그대로구나. 나도 마찬가지고.'

연영하는 실망했다.

다시 한 번 기회를 줬건만…….

결국은 저자도 다른 이들과 크게 다를 바가 없었나 보다.

'안녕.'

그녀가 속으로 마지막 인사를 건네며 극음천살기를 끌어 올렸다.

쿠루루루—

저 심연의 바닥에 잠겨 있던 막대한 어둠의 기운이

그녀의 온몸으로 뿜어져 나왔다.

그때 동봉수가 그녀를 향해 다시 말을 툭 내뱉었다.

"그럴 일은 절대 없을 거야."

"어……?!"

'달라? 대답이 바뀌었어?'

'그래도 아직은 안 죽지 않았는가' 같은 약한 말이
아니었다.

확실히 바뀌었다.

우우우웅—

수십만 마리의 벌이 우는 소리.

동봉수의 검이 그의 손아귀 안에서 초고속으로 자전
하기 시작하며 장내에 울려 퍼지는 소리였다.

금세 초자전검륜이 폭발적으로 일어나며 동봉수 주변
의 대기를 찢어발길 듯 뒤흔들었다.

파팟—

그러고는 연영하를 향해 독수리처럼 비상했다.

파화확—!

동봉수의 낭인검에서 엄청난 기운이 쏟아져 나와 연
영하를 덮쳤다.

"이제 내가 너를 죽일 테니까."

퍼버버벙—!

천지가 진동하며 무림맹 안에 광풍이 몰아닥쳤다.

그 미친 폭풍에 수많은 사람들이 잡아먹혔다.

후두두두둑—

피가 폭우가 되어 쏟아졌다.

동봉수의 경험치 게이지 바가 한순간에 꽉 차올랐다.

그리고.

다시 한 번 새하얀 빛이 무림맹에 퍼져 나갔다.


*　　*　　*


동봉수는…….

이 끔찍한 악마는 강시들이 사냥감을 이리로 몰아오
길 기다리고 있었던 것이다.

그에게 사람이란…….

그저 경험치일 뿐…….

그의 저주받은 몰이사냥이 이제 막 시작되었다.

第二五章

파탄(破綻)

絶世狂人

비록 내일 지구에 종말이 찾아온다고 하더라도, 나는 여전히 한 그루의 사과나무를 심을 것이다.

— 마틴 루터(Martin Luther), 독일 신학자

\*　　\*　　\*

지이이잉—

기관이 작동하며 문이 서서히 열렸다.

공나추는 뒷짐을 진 채 문 안쪽으로 들어섰다.

항상 같이 다니던 그의 그림자도 떼어 놓은 채였다.

오늘은 집사전의 진짜 전력이 신강으로 출격하는 날.

천마성이라는 거대세력을 무너뜨리려면 신경 쓸 것이 한둘이 아닐 텐데, 공나추는 그 모든 것에 앞서 이곳을 찾았다.

그를 삼킨 문이 곧 다시 닫혔다.

이곳은 천사루 지하 수십 장 밑에 있는 최하층이다.

*　　*　　*

지이이잉, 쿵.

둔중한 소리와 함께 땅 밑 특유의 퀴퀴한 곰팡내가 공나추의 코를 자극했다.

동시에 한 치 앞도 볼 수 없는 어둠이 그의 눈을 가렸다.

파박, 화르륵.

하나 그는 삼매진화(三昧眞火)를 일으켜 한순간에 어둠을 날려 버렸다.

그가 쌓아 온 내공의 심후함을 엿볼 수 있었다.

여간한 고수라면 삼매진화를 일으킬 수도 없을뿐더러, 한 뼘 길이의 유형화된 불길을 일으킨다는 건 상상하기조차 어려운 일이었다.

게다가 공나추는 그렇게 일으킨 불을 손가락 끝에 계속 유지한 채 앞으로 걸어 나갈 정도였으니 최소한 백년 이상의 내공을 쌓았음이라.

원래 이곳은 지하동굴이었는지 통로 곳곳에 종유석이 매달려 있었다.

그것이 꼭 야수가 이를 번뜩이는 것처럼 매섭게 보였다.

하지만 공나추는 대수롭지 않게 쭉 안쪽으로 걸어 들어갈 뿐이었다.

그 모습이 이 장소에 매우 익숙한 듯 보였다.

그렇게 한 식경 정도 걸었을까.

통로의 끝을 뚫고 어마어마하게 큰 지하공동이 나왔다.

공나추가 피워 올린 삼매진화로는 그 내부의 십분지 일도 제대로 밝혀지지 않을 정도였다.

공동에는 그가 빠져나온 통로, 즉, 천사루로 통하는 길뿐만 아니라 수도 없이 많은 동혈(洞穴)이 더 있었다. 꼭 개미굴을 수십 수백만 배 키워 놓은 듯한 모양 새였다.

통로 하나하나의 형태가 모두 깔끔한 원형으로 깎여 있는 걸로 봤을 때 자연동굴은 분명 아니었다. 인공이 가미된 조형 동굴이었다.

대부분의 동혈 입구에 먼지가 수북이 쌓여 있었고, 심지어 거미줄로 완벽히 막힌 곳도 있는 걸로 봐서는 인적이 끊긴 지 상당히 오래된 통로가 대다수였다.

예외는 공나추가 걸어가는 쪽 끝에 있는 동혈 단 하나.

사람이 지속적으로 왔다 갔는지 먼지도 별로 쌓여 있지 않았고 조금 쌓인 먼지 위에도 어슴푸레하게 발자국이 남아 있었다.

공나추는 자연스레 그쪽 통로로 걸어갔다.

자박거리는 그의 발소리가 동굴 안에 자욱이 퍼져 나갔다.

끼끼까― 푸드드득.

통로 안쪽 벽면에 거꾸로 매달려 있던 박쥐들이 발소리에 놀라 달아난다.

빛이 거의 없는 곳에 살면서 적응한 것인지 그것들의

눈이 어둠 속에서 약하게나마 반짝였다.

수백 개의 눈알이, 마치 그믐날 하늘을 수놓은 별들 같았다.

빛으로 된 점들은 이내 사방으로 흩어졌다.

몇몇은 동혈 밖으로, 또 몇몇은 동혈 구석으로.

단 두 개.

햇불같이 번뜩이는 부리부리한 눈 두 알만이 공나추가 왔음에도 그 자리에 그대로 있는 채 빛나고 있었다.

"오랜만입니다."

공나추가 그 불길 같은 두 눈을 향해 인사했다.

"왜 왔느냐?"

탁한 음성. 그럼에도 정확한 한어.

그 눈의 주인은 사람이었다.

공나추가 가까이 다가서자 불길 같은 눈빛을 보내는 자의 윤곽이 고스란히 드러났다.

그는 한겨울 땔감으로 쓰는 나뭇가지처럼 빼짝 마른 괴인이었다.

그의 얼굴은 구레나룻과 콧수염, 길게 자란 머리칼에 뒤덮여 알아보기 어려웠지만, 그것을 뚫고 나오는 그 눈빛만큼은 형형하기 이를 데 없었다.

그르릉, 사라랑.

괴인은 벽에 단단히 결박되어 있었다.

손목 발목에 각각 손가락 두 마디 굵기의 만년한철 고랑이 매여 있었고, 고랑에는 짧은 쇠사슬이 연결되어 그의 등 쪽 벽 속에 깊게 박혀 있었다.

벽, 또 그 벽은 어떤가.

그의 몸을 구속하는 벽면은 공나추의 손끝으로 올라오는 삼매진화의 빛을 받아 벽면 전체가 영롱하게 빛나고 있었다.

벽면은 어마어마한 크기의 천연 찬석(鑽石)이었다.

저걸 온전히 깎고 가공해 외부로 들고 나간다면 천하의 모든 부를 다 합친 것보다 더 크지 않을까 할 정도의 큰 보석 덩어리였다.

하지만 그럼에도 그것에는 전혀 관심이 없는지 공나추는 오직 괴인만을 바라다 볼 뿐이었다.

공나추가 뒷짐을 풀고는 가볍게 고개를 숙였다가 들었다.

"확인할 것이 있어서 왔습니다."

"확인할 것? 크크크."

공나추의 말을 들은 괴인이 징그럽게 켈켈거렸다.

아마도 너무 오래간만에 웃어서 제대로 웃는 방법을 잊은 것일지도 모르겠다.

그만큼 그의 목소리는 듣기 탁하고 거북스러웠다.

"네놈이 기어이 팔황역천대법(八荒逆天大法)을 그 아이한테 펼쳤나 보구나. 지금 어디 있느냐? 그 아이?"

"중원의 중심부에 있습니다."

"중원의 중심부?"

"하남 무림맹."

"……미친놈. 드디어 네놈이 진정 실성을 한 게로구나."

"나는 교와 당신의 가르침을 일평생 충실히 이행해 왔습니다. 이번 일도 그 일환일 뿐. 나는 지금도 교의 신실한 교도 중 한 명입니다."

"크크크, 크하하하. 궤변이다. 영생불멸을 이루어 모든 인류를 구원하라는 교의 가르침이 어떻게 그런 괴물을 이용해 세상을 멸망시키는 것과 같다는 말이더냐?"

"나는 나만의 방식으로 그것을 이루어내고 있을 따름입니다. 비록 천고의 죄인이 될지라도 내게는 교의 가르침을 실현하는 것이 훨씬 중요합니다."

"너만의 방식? 실현? 크크크, 흐흐흐흐. 그래, 그렇지. 내가 잠시 네놈이 교의 태대사도(太大使徒)였었다는 사실을 잊었구나. 그래, 태대사도 정도면 스스로 영생불멸을 이루기 위해 움직일 만하지."

"……저는 지금도 태대사도입니다. 교주."

교주라는 말에 괴인의 눈에서 뿜어지는 화광이 일순 더욱 강렬해졌다.

"이놈! 네놈이 아직도 나를 교주로 생각하기는 하느냐?"

"믿지 않으실 테지만…… 저는 한 번도 당신을 교주로 생각하지 않은 적이 없습니다. 당신은 아직도 교의 유일한 교주이십니다. 제가 영원히 태대사도인 것처럼."

괴인과 공나추의 눈빛이 어둠 속에서 기괴하게 얽혀 들었다.

그 기묘한 대립은 한동안 이어지다가 괴인의 화광이 낮게 침잠해들며 끊어졌다.

"됐고. 무엇을 확인하고 싶어서 온 게냐? 이 내가 아직 치매에 걸렸나 안 걸렸나 확인해 보고 싶어서 온 것은 아닐 테고."

드디어 괴인이 본격적인 대화를 할 마음이 든 것 같

앉다. 공나추의 찢어진 눈이 더욱 매서워졌다.

"불완전한 팔황역천대법이 풀리고 나면 피대법자는 어떻게 되는 것입니까?"

"크크크. 치매에 걸린 건 내가 아니라, 네놈이로구나. 설마 태대사도씩이나 되는 놈이 그것도 몰라서 묻는 것은 아닐 테지?"

공나추는 말이 없었다.

괴인은 잠시 그런 공나추를 바라보다가 말했다.

"네놈도 불안한 게지. 혹시나 그 아이가 살아남을까 봐서."

"아니라곤 말 못하겠군요. 그런 괴물이 혹시나 영원히 살아 있게 된다면…… 중원이라는 곳이 사라지게 될 테니."

"크크크. 영하 그 아이를 운남이라는 우리 밖으로 내보낸 미치광이가 할 말은 아니로군."

괴인의 말이 너무 직설적이고 껄끄러웠을까? 잠시간의 정적이 찾아들었다.

끼끼끼— 파라라락.

정적은, 무거운 분위기를 참지 못하고 동혈 밖으로 날아 나가는 박쥐들의 퍼덕임에 의해 깨어졌다. 때를 놓치지 않고 공나추가 입술을 떼었다.

"……해서 피대법자는 어떻게 되는 것입니까?"

괴인의 눈에 다시금 화광이 돌아왔다.

그 듣기 싫은 목소리가 그와 함께 이어졌다.

"네놈도 알다시피, 우선 전신 팔만사천 모공으로 극음천살기를 남김없이 뿜어낼 것이다. 그리곤……."

"그리곤?"

"시꺼멓게 오염된 피를 모조리 다 쏟아 내겠지."

"오염된 피라면……?"

"혈(血), 루(淚), 비체(鼻涕), 타액(唾液), 하다못해 애액(愛液)까지, 그 아이의 체액 전부 다. 당연한 소릴 테지만, 극음천살기의 그릇이었던 그 아이의 체액은 마지막 한 방울까지 싹 다……."

괴인이 잠시 말을 멈추며 숨을 골랐다. 하나 그 시간은 그리 길지 않았다.

"영계(靈界)의 불순물 덩어리다."

"정화의 가능성은 없습니까?"

"결국은 그것이 궁금해 나를 찾아온 게로구나."

"……."

공나추는 애써 부정하지 않았다.

괴인은 다시 한 번 낮게 킬킬거리다가 입을 열었다.

"크크크크. 없다. 있기는 있는데, 없는 것과 같다."

"그게 무슨 말씀입니까? 있기는 있는데, 없는 것과 같다니?"

"네놈도 알다시피, 극음천살기는 보통의 사람이 절대로 감당할 수 없는 영독(靈毒)이다. 선택받은 그릇이 아니라면, 단 한순간도 그것을 담을 수 없다. 그리고 지금 중원에 그 선택받은 그릇은 오직 그 아이 하나뿐. 또 다른 극음천살성의 택자가 어딘가에 있지 않는다면…… 그 아이는 결국 죽게 될 것이다."

"혹 만독불침지체(萬毒不侵之體)를 달성한 대적자라면 가능하지 않겠습니까?"

"불가(不可). 설령 만독불침지체라 할지라도 극음천살기를 빨아들이는 순간 한 줌 독수로 화해 그 즉시 녹아내릴 것이다. 대적자? 크크크크. 웃기는 소리지. 선택받은 그릇이 아닌데도 만약 극음천살기를 견뎌 낼 수 있는 놈이라면…… 중원? 흐흐흐흐. 우습지. 그런 놈이 진짜 존재한다면…… 카악, 퉤."

잠겼던 목을 풀지도 않은 채 말을 너무 많이 해서일까?

괴인은 거칠게 목에 낀 가래를 뱉어 낸 후에야 다시
말을 이어 나갈 수 있었다.

공나추는 그 모습을 가만히 지켜보며 그의 다음 말을
기다렸다.

"켈켈. 인간이라는 종이 말살될 것이다. 완전히."

"……그 정도입니까?"

"그 정도다. 두말할 것도 없이. 이제 충분하느냐?"

공나추는 다시 뒷짐을 지며 한참을 생각하다가 대답
했다.

"충분합니다. 한데 말입니다."

"또 뭐냐?"

"기신성을 직접 본 적이 있습니까?"

"크크크크크, 크하하하하!"

명백한 비웃음이었다.

괴인은 공나추가 왜 그런 질문을 했는지 잘 알고 있
었다.

그래서 더 우스웠다.

"어이, 공나추. 반딧불이는 아무리 자라도 반딧불이
다. 달이나 해가 될 수 없어. 인간이 신이나 악마가 될
수 없듯이."

공나추도 잘 알고 있었다.

인간은 인간이다.

연영하와 같은 괴물도 결국에는 인간의 아류(亞流)이다.

비록 악의 정화를 담은 그릇이지만.

"피곤해. 이렇게 계속 묶어 둘 거면 더 이상 말 시키지 마라."

괴인의 축객령이었다.

이제는 공나추가 더 질문한다고 하더라도 대답해 주지 않으리라.

"……알겠습니다."

공나추는 한참을 더 서 있다가 몸을 돌려 동혈을 빠져나갔다.

이제 그는 밖으로 나가자마자 신강으로 출진을 개시할 것이다.

비록 완전히 안심하지는 못한 채 떠나는 것이었지만 말이다.

그가 완전히 어둠 속으로 사라지자, 괴인이 어떤 웅얼거림을 시작했다.

비록 아무도 알아듣는 사람은 없었지만, 그는 멈추지

않았다.

"제천환신 파동혈황(祭天幻神 血波動荒)……."

그것은…….

중원에서 오랫동안 잊혔던 제환혈교의 주기도문이었
다.

*　　*　　*

아침부터 시작된 싸움은 해가 중천에 뜨도록 치열하
게 이어지고 있었고, 강시들이 무화문이나 무림맹의 성
벽을 넘어 들어오면서 훨씬 격해져 갔다.

화려하고 웅장했던 건축물들이 있던 터는 붉게 물들
고 황폐해져서 이제는 어느 곳이 건물이 서 있었고 길
이 나 있던 곳인지 분간할 수조차 없게 되었다.

끊임없는 전투에 자연히 무수한 희생자들이 양산되었
고, 지금도 꾸준히 증가하는 추세였다.

얼마나 많은 이들이 죽어 갔는지 도저히 다 헤아릴
수도 없었다.

살아남은 이들조차 언제 죽을지 모른다는 생각에 공
황상태에 빠져 갔다. 강시들에게 당해서 죽거나, 혹은

저 둘의 싸움에 휘말려 죽거나.

그것은 무림고수들도 예외는 아니었다.

＊　　＊　　＊

하선향은 정신을 차릴 수가 없었다.

너무도 갑작스럽다.

모든 것이, 모든 일이 너무나도 급작스럽게, 그것도 끔찍하게 흘러가고 있었다.

'이게 뭐지? 천하청비무대회 결선 중 아니었던가?'

분명 그랬었다.

동봉수와 을지추가 결선의 시작을 끊었었다.

비무대 주변의 분위기는 후끈 달아올랐었고 사람들이 크게 소리쳤었다.

하지만 지금은…….

다른 의미로 무림맹이 뜨겁게 타오르고 있었고, 사람들이 찢어지게 아우성치고 있었다.

사방에는 비명이 난무했고 선혈이 낭자했다.

옆에서 아랫입술을 질끈 깨물고 서 있는 화예지의 얼굴이 그에 대비되어 유난히 하얗게 보였다. 아마도 자신의 얼굴도 별다른 차이는 없을 터이다.

퍼버벅…… 끄아아…… 으아아악…….

머리와 팔다리가 잘려 나간 무강시들이 마구잡이로 사람들을 죽이고 있었다.

그것들은 끝도 없이 무림맹 안으로, 안으로 밀려들고 있었다.

고개를 좌우로 돌려 본다.

저 멀리 무너진 건물 사이사이로도 강시들이 무차별적으로 쏟아져 들어오고 있었다.

강시와 사람의 구별은 참으로 쉬웠다.

검은 옷에, 검은 죽립.

지금은 대부분 벗겨져 있었지만 그럼에도 강시는 쉽게 구별이 가능한 또 다른 특징을 가지고 있었다.

강시들의 몸에서는 검은 사기가 은은히 피어오르고 있었고, 또한 신체 부위가 이리저리 비틀어졌거나 잘려 나가 있었다.

설령 전신이 온전한 강시들일지라도 눈이 흑색으로 죽어 있었다.

사자(死者)의 눈.

살아 움직이는 시체라고 생각되면 어김없이 강시다.

퍽―!

앞쪽에서 자신을 지켜 주던 사형이 강시가 휘두른 주먹에 그대로 머리가 박살이 나 버렸다. 그는 하나 남은 사형이었다.

다른 사형들은 진즉……

죽었다.

이제 화산파에서 온 사람 중 살아 있는 사람은 자신과 옆에 서 있는 사저 화예지뿐……

"아……"

꿈인가? 생시가 아닌가?

그렇게 믿고 싶었다.

그녀는 그렇게 그저 뒤로 쭉 물러설 뿐.

하지만 뒤로 물러서는 것도 한계가 있었다.

왜냐하면, 뒤쪽은 더한 학살이 벌어지고 있었으니까.

항상 동 오라버님을 지켜보던 남장여인이, 검고 시커먼 기운을 줄기줄기 뿜어내며 미친 듯 날뛰고 있었다.

그녀의 손이 한 번씩 움직일 때마다 사람들이 무더기로 핏물로 화해 녹아내렸다.

강시들의 몸에서 흘러나오는 사기는 그만큼 더욱 강해졌다.

"키아아―"

사형을 죽인 강시가 하선향에게 달려들었다.

그녀는 다급히 검을 들어 강시를 막아 갔다.

그때였다.

흥흥흥흥, 서컹, 퍼버벅!

어딘가에서 대도가 빙글빙글 돌며 날아들어 강시의 양팔을 한순간에 날려 버렸다.

"아직 살아 있었군."

뒤이어 쿠궁하는 둔중한 발소리와 함께 단단하고 너른 등판을 가진 남자가 강시의 앞을 가로 막아선다.

그는 강시의 팔을 자르고 땅에 비스듬히 박힌 자신의 대도를 뽑아 아예 강시를 두 토막 내 버렸다.

"끼아아……."

"뒈졌으면 그냥 자던 잠이나 계속 처자. 이 썩은 자식아."

강시가 반쯤 남은 입으로 기괴한 소리를 내며 꿈틀거렸다.

그런 강시의 입에 다시금 도를 내려치며 퉁명스럽게 툭 쏘아붙이는 그 사내는…….

"팽 오라버니!"

"팽 가주님……."

팽호류였다.

팽호류는 하선향과 화예지를 등진 채 오호단문도를 다시 들어 올리며 말했다.

"너무 반가워들 말라고. 나도 겨우 숨만 붙어 있을 뿐이니까."

확실히 그의 어깨는 아직 부상 중이었고, 점점 악화되고 있었다.

어깨를 감싸고 있던 붕대는 이미 걸레 조각이 되어 기류에 나부끼고 있었고, 간신히 아물기 시작했던 상처가 벌어져 피가 물컹물컹 배어 나오고 있었다.

그런 상태에서 무리하게 움직이고 있어 몸은 더욱더 만신창이가 되고 있었다.

"그래도 동 형보다는 낫지. 저기서 혼자 저 괴물을 막아 내고 있잖아."

그는 말을 하며 달려드는 또 다른 강시를 향해 오호단문도를 아래로 내려쳤다.

"으랴아아아앗!"

퍼버버버버버벅!

패도적인 도파(刀波)가 일어 사위를 감쌌다.

그러고는 이내 하선향과 화예지의 전면으로 휘몰아쳤다.

그와 그녀들의 앞으로 몰려들던 강시들이 무더기로 누더기가 되어 허공에 흩어졌다.

그가 창시한 오호단문도법의 제 일 초식, 종횡사해였다.

휘리리리—

도파의 여파는 이내 잠잠해졌고, 멀리서 쾅—하는 거음과 함께 강한 바람이 불어닥쳤다.

팽호류가 두 여인의 앞을 급히 막아서며 그쪽을 바라봤다.

저 뒤편 백수십 장쯤 떨어진 곳에서 동봉수의 시뻘건 검과 연영하의 검은 조(爪)가 격하게 맞서고 있었다.

장내에 다시 한 번 폭풍이 몰아쳤다.

엄청난 거리가 떨어져 있음에도 불구하고, 또다시 십수 명이 바람에 휩쓸려 명을 달리하고 있었다.

팽호류는 다시 한 번 도파를 일으켜 둘의 전투로 인해 발생한 기파를 막았다. 그러고는 고개를 돌려 하선향에게 말했다.

"내가 길을 뚫을 테니까 잘 따라붙어라."

"하지만 동 오라버님이……."

"하 매는 저것이 보이지 않느냐? 이미 저 싸움은 인간 간에 벌어지는 것이 아니다. 분하지만…… 우리는 방해만 될 뿐이야."

"……."

하선향도 팽호류의 말에 동감했다.

분하지만, 자신들은 저들의 싸움에 아무런 영향도 끼칠 수 없는 미미한 존재에 불과했다.

퍼버벅—!

팽호류가 다시금 강시들을 파괴하며 내당 쪽으로 한 발 한 발 전진하기 시작했다.

"왜 그쪽으로 가시는 거죠?"

하선향이 그를 따라나서려다가 멈칫하며 물었다.

팽호류가 다시 하나의 강시를 가루로 만들며 대답했다.

"무화문 쪽은 이미 뚫기가 불가능해. 지금은 이 길뿐이다. 다른 쪽으로 가면…… 필시 죽는다."

"그렇다면…… 청신산을 넘는다는 것인가요?"

그때까지 가만히 듣고 있던 화예지도 궁금증이 생겨 물었다.

팽호류는 이마에 튄 강시의 피를 닦아 내며 다시 답해 준다.

"그렇소."

"그쪽에도 강시들이 있으면요……?"

"하하하— 뭘 그런 걸 걱정하시오?"

"네……?"

"죽기밖에 더하겠느냐는 말이오. 강호인으로 태어난 이상 언제 어느 곳에서건 죽을 각오가 되어 있는 것 아니오? 여자건 남자건. 나는 남녀차별을 좋아하지 않소이다."

"……"

"농담, 농담이오. 으하하핫! 내 뒤를 따르시오! 다 같이 죽든가, 아니면! 다 같이 살든가, 한번 가 봅시다."

퍼버버버벅!

다섯 마리의 호랑이가 미쳐 날뛰기 시작했다.

그렇게 팽가 오호단문도의 전설이 그 서막을 열었다.


하선향은 팽호류의 뒤를 따라 달리면서도 틈날 때마다 고개를 돌려 동봉수 쪽을 바라봤다.

그가 천신처럼 버티고 선 채 무림맹을 수호하고 있었다.

그녀의 눈에는 그 모습이 그렇게 보였다.

실제로는 어떻든…… 그녀의 눈에만큼은 그것이 그렇게 보였고, 그녀는 그럴 것이라 확신했다.

'동 오라버님……. 꼭…….'

다시 만나요, 살아남으셔야 해요…….

그때 다시 한 번 동봉수의 몸에서 믿을 수 없이 밝은 빛이 뿜어져 나왔다.


\*　　\*　　\*


[경공], [삼재검법], [운기행공], [검기], [보법], [은신술], [베기], [찌르기], [던지기], [막기], [연참], [연격], [철포삼], [생존본능] 외 몇 가지의 추가적인 스킬들.

이 모든 스킬들을 애들 장난으로 만드는 동봉수 최후의 스킬.

북방에서 티무르 칸을 죽였을 때 [보법]과 함께 얻은 스킬.

[동귀어진(同歸於盡)]

동봉수는 레벨업 일보직전에 다시 한 번 그것을 사용했다.


[동귀어진(同歸於盡) Lv.1 숙련도 : 20.0%]

적과의 전력차가 너무 커서 도저히 어찌할 수 없거나, 극한의 상황에 몰렸을 때, 자신의 목숨을 도외시하여 상대와 함께 죽으려는 행동이나 공격 방법/기술 등을 총칭한다.

극단적 처지에 몰린 측이 어쩔 수 없이 사용하는 수법.

공격당 보너스 : [(남은 체력 + 남은 JP + 플레이어의 무공 공격력) × 동귀어진 스킬 Lv] / 3

공격당 체력 / JP 소모 : 1000 / 500

※ 공격당 보너스 수치는 공격력을 %로 상승시키는 것이 아니라, 적에게 입히는 데미지 포인트에 산술적으로 추가된다.


[동귀어진]만으로도 엄청난 위력을 가지고 있지만, 지금 동봉수에게 적용되고 있는 버프 스킬은 그것뿐만이 아니었다.


[생존본능]

· 체력이 20% 이하로 떨어질 시, 모든 능력치가 10% 상승한다. (Lv.2 활성화)

[연격(連擊)]
[5연격 실패. 플레이어가 광분합니다.]

[연참(連斬)]
[플레이어가 10연참에 성공해 모든 능력치가 10% 상승했습니다.]

[검기(劍氣)]
공격력 보너스 : 250%
사정거리 보너스 : 5%
초당 진기 소모 : 50 JP

[운기행공(運氣行功)]
현재 스킬 보너스 : 공격력/방어력 상승 150%

여기에 레벨업도 추가적으로 한 번 더 이루었다.
동봉수는 자신이 할 수 있는 극한의 공격력을 발휘할

수 있는 준비를 모두 갖춘 순간, [동귀어진]을 폭발시켰다.

아까 을지추에게 사용했던 [동귀어진]과는 질적으로 달랐다.

그럼에도 동봉수는 절대로 연영하를 죽일 수 없다는 사실을 잘 알고 있었다.

그녀는 결코 이 정도로 어쩔 수 있는 존재가 아니었다.

그는 '이전 오늘' 자신이 했던, 했었을 실수를 하나씩 줄여 나가고 있을 뿐이다.

그는 그 실책 중 가장 큰 것이 아마도 얻을 수 있었던 경험치를 얻지 못한 것이라고 판단했다.

이 주변에 몰려든 '경험치'들을 최대한 자신의 것으로 만들어야 한다.

아마도 이전 오늘에는 그것에 실패했을 것이다.

연영하나 강시들에게 선수를 빼앗겼으리라.

어쩌면 무림맹주 등과의 싸움으로, 연영하가 지치길 기다렸을지도 모른다.

연영하가 얼마나 강한지 미처 깨닫지 못한 채 말이다.

모기는 사자를 따갑게 할 수는 있을지언정 결코 죽일 수는 없는 것인데 말이다.

하나, 이제는 다르다.

다르게 만들 것이다.

그러려면, 연영하나 강시들이 경험치들을 파괴하기 그 이전에 자신이 먼저 손을 써서 경험치를 긁어모아야 한다.

몰이사냥, 이미 그 판이 깔렸고 쓸어 담기만 하면 된다.

범위 공격 스킬은 없었지만, [동귀어진]의 버프를 받은 초진기검륜이 연영하의 극음천살기와 부딪치며 어마어마한 파장을 만들어 냈다.

그것이 첫 번째 변수를 만들어 냈다.

대량학살이 일어난 것이다.

대량학살은 필연적으로 '광렙'과 연결된다.

동봉수는 진기와 JP, 심지어 체력의 소모까지 극심함에도 연영하와 부딪히면서 최대한 그 여파가 주변에 몰아닥치게 싸움을 진행했다.

하나, 이에는 치명적인 문제점이 한 가지 있었다.

언데드(Undead).

시스템은 강시를 언데드 계열의 적으로 인식하고 있었다.

[흡혈] 능력이 있는 낭인검을 사용해 대량학살을 하면 자연스레 강시들에게 오히려 체력이 빼앗긴다.

하지만 반대급부로 그 주변에 몰려든 다른 사람들까지 공격한다면 강시들에게 빼앗기는 체력을 벌충할 수 있게 된다.

이렇게 싸움으로써, 강시들을 공격함으로 인해 체력이 뜯기는 문제점을 해결했다.

동봉수는 그러한 점에 유의해서 새로운 행동패턴을 확립했다.

그리고 그 매뉴얼 대로 충실히 이행했다.

그에 추가적인 변수가 될 만한 여러 번의 레벨업을 이루었다.

하지만 아직까지 제대로 판을 뒤엎을 만한 여타 [스킬]이 생기거나 연영하에게 맞설 만 한 큰 진보가 이루어진 것 같지는 않았다.

그래서 그는 다시 행동패턴을 바꾸었다.

새로운 변수를 만들기 위해서.

콰과광—!

지독하게 공격을 퍼붓던 연영하를 일순간이나마 초자전검륜에 실린 [동귀어진]을 이용해 저 하늘 멀찌감치 밀쳐 냈다.

잠시 간의 틈이 생겼고.

동봉수의 인간 같지 않은 두뇌와 눈알이 미친 연산을 시작했다.

이미 강시들이 발 디딜 틈도 없이 밀려들어 사방을 뒤덮고 있었다.

그럼에도 계속해서 꾸역꾸역 무림맹 안으로 강시들이 밀려들고 있는 주변 상황 및 정황, 그 모든 필름들이 일순 정지화면처럼 그의 눈에 포착, 흡수되었다.

더, 더, 더……

살아남은 사람들이 무강시들에게 떠밀려 계속해서 이쪽저쪽에 쌓여 가는 장면 또한 슬로우비디오처럼 그의 눈 속에 수렴되었다.

생존자들이 뭉쳐지는 장소는 크게 몇 군데가 있었다.

남쪽 내당 방면.

팽호류, 하선향, 화예지 등 몇몇의 고수들이 살아 나가기 위해 청신산 쪽으로 탈주를 모색하고 있는 걸로 보였다.

나름대로 현명한 선택이다.

다른 쪽은 강시들에게 포위되어 이미 도주로로써는 가망이 없었다.

게다가 가운데에서 자신과 연영하가 싸움으로써, 무 강시들이 내당 쪽으로 쉽사리 흘러들어 갈 수 없다는 점 또한 생존에 매우 유리했다.

하나, 쉽게 그쪽으로 빠져나가지 못하는 건 강시뿐만 아니라, 사람들도 마찬가지인지라 많은 사람이 생존하 기는 어려웠다.

즉, 경험치 덩어리가 별로 모여 있지 않아 레벨업에 별 도움이 되지 않았다.

동봉수는 일단 그쪽을 우선순위에서 배제했다.

동쪽 항마전 방면.

종지항, 성휘 등 천하청비무대회의 결승진출자들이 모여 적극적으로 나서서 강시들을 도살하고 있었다.

사실상 생존자 구제에 가장 헌신적인 곳이었다.

그럼에 역설적으로 경험치 보존이 가장 잘 이루어지 고 있었다.

어차피 강시들이란 것들은 경험치가 없었다.

사람은 단 1이라도 경험치에 도움이 되는 존재들이었다.

자신에게 가장 이로운 방면이 바로 동쪽 항마전 방면이었다.

하나, 남쪽 방면과 매한가지로 경험치 덩어리가 상대적으로 적었다.

역시 우선순위 밖이다.

북쪽 무화문 방면.

이쪽은 볼 것도 없었다.

강시들이 물밀듯이 쏟아져 들어와 계속해서 생존자들을 사방으로 몰아붙이고 있었다.

게임식으로 따지면 '몹 리젠(Monster Regeneration)'을 책임지고 있는 '사냥 명당'이었다. 다만, 그곳에서 생산되고 있는 몹들의 경험치가 1이나 0이라는 것이 문제였다.

동봉수는 그쪽도 우선순위에서 뺐다.

서쪽 등선헌 방면.

현천진인 및 그의 참모나 휘하고수들, 각 대파에서 온 고수들이 뭉쳐서 강시들을 막아 내고 있었다.

무림맹주가 있는 곳이니만큼 가장 사람들이 많이 운

집하고 있었다.

하지만 그들은 철저히 등선헌이 있는 언덕배기만 지키면서, 언덕 위로 올라오는 생존자들을 적극적으로 지키거나 하지는 않았다.

어떻게 보면 생존자들을 방패막이로 쓰고 힘을 비축하고 있는 모양새다.

아마도 을지태가 밖에 있던 병력들을 데리고 돌아오길 기다리고 있는 것일 터였다.

헛된 기다림이라는 걸 모르는 채 말이다.

또한, 자신과 연영하가 양패구상(兩敗俱傷)하거나 한쪽이 죽으면 지친 나머지 한쪽을 제거하려는 전략일지도 모른다.

하나, 그 어느 쪽이건 부질없다는 걸 저들은 모르고 있었다.


자신이 이기든, 연영하가 이기든, 그 누가 이기든 오늘 무림맹은……

사라진다.


\*      \*      \*

오래지 않아 동봉수는 결정을 내렸다.

그 순간, 그는 잠시의 망설임도 없이 서쪽으로 날아
갔다.

퍼버버버버버버버벅—!

학살이 시작되었다.

피학살 대상은 등선헌 방면의 길을 막고 있는 무강시
들이었다.

즉, 사기가 느껴지는 존재들이 최우선 척결 대상이었
다.

이유는…….

그저 자신이 먹을 경험치의 보존이었다.

녀석들은 경험치가 될 인간들의 천적이었으니까.

다른 이유는 없었다.

"크르르르—"

그가 폐허 위를 날아다니며 강시들에게 초자전검륜을
시전했다. 고작 무강시들 따위로는 그를 막을 수가 없
었다.

쿵, 콰자작— 펑—!

단 몇 수에 수백의 무강시들이 다진 고기가 되어 공

기 중에 흩어졌다.

그때 잠시 하늘 위로 튕겨져 올랐던 연영하가 다시금 동봉수를 쫓아 이쪽으로 날아들었다.

십여 장에 달하는 그녀의 손톱이 동봉수의 등을 노리고 내리그어졌다.

초식이고 뭐고 없었다.

그저 긋기. 그것이었다.

차차창—!

푸푹.

빠르게 뒤로 돌며 그녀의 손톱을 막은 동봉수의 몸이 반이나 바닥에 틀어박혔다.

삐직.

그의 입에서 한줄기 핏물이 뿜어져 나와 입가를 타고 흘러내렸다.

레벨업으로 말미암아 회복되었던 그가 다시금 작지 않은 내상을 입은 것이다.

"이게 뭐하는 짓이지? 설마 내가 그깟 초식 한 번에 죽을 거라고 생각하고 이 떨거지들하고 놀고 있는 건 아닐 테지? 그렇지?"

연영하의 검은 눈이 광기에 휩싸여 번들거렸다.

눈동자가 보이지는 않았지만 그녀가 꽤나 화났다는 걸, 동봉수는 충분히 알 수 있었다.

자신과 비슷한 존재였지만, 연영하는 화를 아주 쉽게 내는 존재였다.

자신과는 확연히 다르게 말이다.

"그것도 아니면 설마 당신 같은 인간이 다른 인간들을 구하기 위해 움직이고 있던 거야? 그런 거야?"

"크크크. 그럴 리가 있나?"

왠지 모르게 웃음이 난다.

그녀의 착각도 우습고, 저 멀리서 그들의 싸움을 바라보고 있는 인간들이 왠지 모르는 기대감을 가지고 자신을 바라보는 것도 우습고, 강시들이 무심히 검을 휘두르고 있는 자신을 적대하며 달려드는 것도 우스웠다.

동봉수는 처음으로 자신이 많이 변했다는 걸 자각했다.

냉소가 아닌, 정말 뭔가 알 수 없는 흥미가 돋았다.

이것들은 도대체 나한테 뭘 기대하고 있는가?

벌써 이곳으로 몰려든 수많은 이들이 자신한테 도륙당했는데 말이다.

지옥에서 온 구세주라도 바라는 것인가?

그런가? 정말 그런 것인가?

아무래도 좋았다.

지금 동봉수는 왠지 그러고 싶어졌다.

우우웅—

그의 주변 반경 10장 이내에 흩어져 있던, 주인 잃은 무기들과 시체 파편 쪼가리들이 초진기장의 흐름을 따라 회오리쳤다.

쿠구구구구구—

그것들이 일시에 연영하를 향해 거칠게 쏟아져 들었다.

연영하의 눈이 번뜩이며 천살기가 그것들을 한순간에 잡아먹어 버린다.

꾸루루룩.

불판 위의 카라멜처럼 그것들이 순식간에 녹아 버렸다.

"이딴 게 효과가 있다고 생각해? 그래? 정말 그러냐고! 나 지금 무지무지하게 화났어!"

분노한 연영하가 손톱을 한껏 세워 동봉수를 아래로 내리눌렀다.

팍, 콰자작—

삐지직—

동봉수의 입이 격하게 찢어지며 핏물이 턱을 타고 줄기줄기 흘러내렸다.

하지만 그럼에도 그의 얼굴에 맺힌 미소는 쉽사리 걷히지 않았다.

단, 아무도 그것을 볼 수는 없었다.

반쯤 바닥에 박혀 있었던 그의 몸이 이제는 아예 완전히 바닥 아래로 꺼져 보이지 않게 되어 버렸기 때문이었다. 그의 얼굴마저도.

"크크크크—"

쫘자자자자자자자작!

그의 몸이 갑자기 사라졌다.

그에 동봉수를 내리누르던 연영하의 검붉은 손톱이 애꿎은 바닥만 갈가리 찢어 놓았다.

폐허가 된 바닥에 깊은 단면절곡이 생기며 그 단단한 속살을 드러냈다.

동봉수가 보법을 써서 바닥에서 벗어난 것이다.

파팟—

사라진 동봉수가, 연영하의 뒤쪽 허공 위에 나타났다.

그는 그 즉시 카이지를 소환했다.

퍼버벅—

깨갱.

다시 세상에 모습을 드러낸 카이지는 제대로 한 번 포효해 보지도 못하고 목이 잘렸다.

체력회복용 포션(Potion, 물약) 대용으로 전락한 것이다.

동봉수, 그에게 영물이란 펫(Pet, 반려동물)이 아니었다.

아이템에 지나지 않았다.

그렇게 체력과 JP를 몽땅 회복한 동봉수의 찢어져 드러난 살 곳곳으로 검편이 튀어나왔다.

휘리리리릭, 퓨퓨퓨욱—

그가 공중에서 엄청난 속도로 돌았다.

그러자 그의 몸 밖으로 솟아나온 검편이 회전력에 의해 총알 같이 연영하를 향해 날아들었다.

티디딩.

연영하는 바로 바닥에 박힌 손톱을 꺼내 들어 같잖은 검편들을 한 수에 옆으로 떨쳐 냈다.

그사이 동봉수는 마치 원래부터 그러려고 했던 것처

럼 강시들을 무차별적으로 베면서 서편 등선헌 쪽으로 다시 달려가기 시작했다.

레벨 Max에 이른 [경공]에 초진기파를 뒤쪽으로 극성으로 쏘아 보내는 초진기경공을 더하자, 마치 제트기가 날아가는 듯한 속도가 났다.

대신 그의 뒤쪽으로 뿜어져 나오는 초진기파에 두들겨 맞은 것들은—그것이 강시가 되었든 인간이 되었든— 피곤죽이 되었다.

고오오오오오옹—

동봉수는 그의 앞을 막아서는 모든 것을 가차 없이 파괴했다.

그가 이동하는 모습은 너무도 빨라 다른 사람들이 보기에는 마치 축지법(縮地法)을 쓰는 것처럼 보일 정도였다.

그는 브레이크가 고장 난 폭주열차처럼 등선헌 초입부에 위치한 언덕 위를 올라갔다.

퍼퍽—! 퍼버버버버버벅—!

그의 신형이 강시들의 몸을 연달아 뚫고 지나갔다.

그렇다.

그대로, 온전히, 완벽히 뚫고 지나갔다.

강시들의 몸에는 동봉수의 몸 크기만큼의 구멍이 뚫렸다.

동봉수의 덩치가 강시들보다 큰 경우에는 강시들을 아예 가루로 만들어 버리며 지나갔다.

설령 얼마 간의 살덩어리나 육체 파편이 남았다고 할지라도 이미 움직일 수 있는 형태의 것은 아니었다.

그것들은 허공에 나부끼다가 곧 언덕 비탈길에 허물어져 내렸다.

그나마도 이내 다른 강시들과 생존자들의 발에 짓밟혀 사라졌다.

그리고 정말 순식간에 비탈의 중턱까지 날아오른 동봉수는 [동귀어진]을 펼쳐 그대로 언덕 가운데에 찔러 넣었다.

콰쾅, 콰르르르릉—!

언덕 한중간에 반경 십여 장의 구덩이가 파이며 일순 작은 산사태가 일어났다.

동시에 큰 폭발이 일어 강시들과 그 주변에 있던 많은 사람들이 피 모래로 화했다.

동봉수는 그 난장판 속으로 뛰어들었다.

한데 희한하게도 그가 그 안으로 들어서자 시체 부스

러기들이 사라졌다. 바로 인벤토리술이었다.

그는 이미 한 번에 수십 개의 물건을 동시에 넣었다 뺄 수 있을 정도의 경지에 이르러 있었다.

그는 빨아들인 시체들의 파편을 곧장 뒤쪽으로 뽑아 초진기장에 실어 날려 보냈다.

후두두둑—

연영하가 깔아 놓은 검은색 카펫에 닿자 모조리 혈수가 되었다.

그럼에도 동봉수는 그 행위를 멈추지 않았다.

조금이나마 연영하의 속도를 늦출 수 있으리라는 계산이 있었기 때문이었다.

그 노력 덕분일까?

실제로 연영하가 매우 천천히 그의 뒤를 쫓아오고 있었다.

동봉수는 잠시 그 자리에 멈춘 채 고개를 돌렸다.

허공에 둥둥 떠 이쪽을 향해 저속으로 날아오고 있는 연영하가 보였다.

'극음천살기에 완전히 잡아먹혔군.'

그가 보기에는 그랬다.

이미 그녀의 이성이 사라져 있었다.

눈에서 조금의 이성도 느껴지지 않았다.

그래서…….

훨씬 위험해졌다.

단지 이성과 본능의 충돌로 인해 갈피를 못 잡고 육체의 통제권이 모호한 상태였기에 천천히 움직이고 있을 따름.

아마도 얼마 지나지 않아 극음천살기의 파괴본능에 그녀의 이성은 완벽히 잠식될 것이다.

그 이후 다시 움직인다면…….

'기회가 없을지도 모른다.'

파파팍—

동봉수가 다시금 등정을 시작했다.

중간에 걸리적거리는 존재들은 모조리 제거되었다.

이미 중턱에서 발산한 [동귀어진]에 실린 초진기검륜에 의해 대부분의 존재들은 먼지조각이 되었지만, 아직 많은 강시들이 등선헌으로 가는 길목에 뭉쳐 있었다.

"크르르르르……."

"끄아아아아—!"

"키레레레."

갖가지 종류의 괴음을 토해 내는 무강시들이 일시에

동봉수에 달려들었다.

그때였다.

"크크크크크. 이거 생각해 보니 저것들…… 시체들이었어. 재밌게도."

동봉수의 입가에 뭔지 모를 사악한 미소가 맺혔다.

언제 어느 순간 번뜩이는 아이디어가 떠오를지 모른다.

그 발상이 악마적인 것이나 반인류적이거나 한 것은 중요치 않다.

아이디어는, 아이디어일 뿐이다.

동봉수가 무강시들 속으로 마주 뛰어들었다.

강시들의 새까맣게 죽은 눈이 그를 매혹시켰고, 그 죽음의 냄새가 그의 식욕을 지독히도 자극했다.

퍼버버벅.

수백의 무강시들이 일시에 그를 에워쌌다.

꿈틀꿈틀거리는 시체더미들, 혹은 인간경단.

그렇게 밖에 표현할 수 없는 괴기스러운 언덕이 금세 만들어졌다.

동봉수는 그 덩어리 속에 파묻혀 터럭 한 올 보이지 않게 되었다.

"……죽은 건가……?"

"설마?"

"……왜?"

"…….."

등선헌 안쪽에 있던 사람들이 일순 정지했다.

어떤 이들은 멍하니 정신줄을 놓았다.

동봉수가 보여 준 악마적인 강함은 지금 필요한 것이
었다.

그가 악마란 사실은 지금 크게 중요치 않았다.

저 하늘 위에서 천천히 이쪽으로 다가오고 있는 또
다른 악마는…… 어떻게 한단 말인가?

그녀의 대적자가 필요했다.

이마제마(以毒制毒) 이악치악(以惡治惡).

강시로 만들어진 둥근 언덕을 보며 모두가 그렇게 생
각했다.

참으로 간사한 것이 인간이다.

하지만 그것이 바로 인간이다.

필요에 따라서는 악마를 원하고 갈구하는, 그런 것이
바로……!

인간 본성이다.

그 간사한 바람들이 모여서일까?

아니면 기분 탓인 걸까?

"어, 어?"

"저, 저……."

"작아지고 있어?"

"진짜, 진짜다! 진짜 줄어들고 있어!"

동봉수를 둘러싼 커다란 강시 더미가 작아지고 있었다. 처음에는 천천히, 그러다가 점점 더 빨라지고 있었다.

그러다가 어느 사이 온전히 동봉수 혼자 남게 되었다.

강시들이 언제 이 주변을 점령하고 있었냐는 듯 흔적도 없이 사라졌다.

마치 원래부터 동봉수, 그 홀로 있었던 것처럼, 그렇게.

다만, 이전의 그와 확연한 차이가 있다면 그의 몸에 강시들의 사기가 진하게 흘러나오고 있었고 강시들이 죽였던 사람들의 피냄새가 짙게 배겼다는 사실이었다.

"변수 한 가지."

그는 낮게 중얼거리며 고개를 돌려 다시 한 번 연영

하를 바라봤다.

그녀의 검고 고오(高傲)한 눈이 저 멀고 높은 곳에서 그를 내려다보고 있었다.

그 상태에서 아주 자연스럽게 미끄러져 날아오고 있었다.

그 속도가 점차 빨라지고 있는 걸로 봤을 때 완전한 극음천살지체로 거듭나기 일보직전이었다.

"아직…… 아직이다. 변수가 더 필요해."

동봉수는 다시 고개를 등선헌 쪽으로 돌린 채 빠르게 달리기 시작했다.

파바바박.

단 몇 걸음.

동봉수가 마침내 등선헌에 들어섰다.

그의 얼굴에는 아직까지 사이한 미소가 맺혀 있었다.

그런 그를 보고 누군가가 조용히 한 마디를 흘렸다.

이미 주변의 강시들은 씨가 말라 있었기에 멀리서 들려오는 비명 소리 말고는 조용했다.

"혈선…… 강림……."

그 누군가의 혈선강림(血仙降臨)이라는 말이 잠잠히 등선헌과 등선당 주변을 잠식해 들었다.

"혈선이라. 꽤 마음에 드는군. 강림이라는 말은 별로지만 말이야."

자신은 하늘에서 내려온[降臨] 존재가 아니었다.

하늘 따위 알 바도 아니었고 있지도 않는 허상이었다.

그는 그…….

동봉수였다.

"……."

현천진인은 그런 동봉수를 바라보며 굳은 표정을 짓고 있었다.

그의 고개가 동봉수와 저 뒤편에서 찬찬히 언덕 위로 날아 내리고 있는 연영하를 번갈아 바라봤다.

그의 뒤에는 공격 명령만을 기다리고 있는 항마전주 자도운과 극사전주 이현궁, 만무전주 노천 등이 시립해 있었다.

또한 어떻게든 목숨을 부지하기 위해 등선당 쪽으로 도망쳐 온 생존자들도 수천 명이나 긴장한 표정으로 동봉수와 연영하를 바라보고 있었다.

무림맹의 세 군사 중 남궁혜를 제외한 제갈앙, 사마사의도 현천진인의 양쪽에 서 있었다.

제갈앙이 그의 표정만큼이나 딱딱하게 경직된 음성으로 말을 흘렸다.

"……맹주님……. 저자가 단 한 수로 저희들이 어렵사리 막아 내던 강시들을 쓸어버렸습니다."

그가 말하는 사이에도 동봉수는 꾸준히 걸어오고 있었다.

현천진인은 그를 바라보며 제갈앙에게 응대했다.

"나도 눈이 있으이……. 자네들이 본 것들은 나도 모두 지켜보았다네."

"……준비한 병력들은 어떻게 되었습니까? 왜 을지단주께서는 오시지 않는 것이옵니까?"

현천진인의 오른쪽에 서 있던 사마사의가 말했다.

하지만 그도 이미 짐작하고 있었다.

무림맹을 둘러싸고 있던 모든 병력.

청룡대, 주작대, 현무대, 백호대 등 사방신대.

항마전, 극사전, 파흑전의 삼전.

호무수림위와 강호보위단.

그들 모두 지금까지 보이지 않는 이유는 빤했다.

단지 눈으로 확인하지 못했을 뿐이다.

"……아직 저들 둘이 싸움을 끝내지 않았으이. 일단

은 저 뒤에 따라오고 있는 극음천살성의 택자가 천마의
후예를 제압하길 바라야겠네."

"하지만 저자가 이미 지척에 육박했사옵니다!"

"……나도 알고 있다네. 더는 물러설 곳이 없으이."

현천진인의 말이 맞았다.

등선당 뒤편엔 성벽이 있었다.

그리고 그 너머에는…….

셀 수도 없이 많은 무강시들이 득실거리고 있었다.
성벽을 넘어 아래로 뛰어내리는 순간 강시들의 먹잇감
이 될 것은 자명했다.

'준비는 완벽했는데…….'

철저히 준비했다.

대비의 직접적인 대상은 극음천살성이었지만, 설사
대마신(大魔神)이 찾아온다 할지라도 잡을 수 있으리라
믿었었다.

'전설…… 전설이라는 것이 이토록 무서운 것일 줄
이야…….'

과소평가한 것도 아니었다.

할 수 있는 거의 모든 준비를 다 했다.

비록 비봉공을 모두 불러들인 건 아니지만, 웬만한

전력은 전부 끌어 모았다.

그럼에도 지금 돌아가는 형국으로 봤을 때는 실패한 것 같았다.

아니, 실패했다.

그것도 완벽하게……

실패했다.

적에 대해 전혀 몰랐다.

적은 홀로도 무적자였지만, 심지어 혼자 나타나지도 않았다.

도대체 언제 이 정도의 강시전단을 만들었단 말인가?

저만큼의 강시전단이라면 최소한 수십 년, 어쩌면 수백 년을 준비했을 터였다.

극음천살성의 나이가 그 정도가 되지는 않았을 테니, 분명히 어느 세력이 그녀가 강림하길 기다렸다가 때맞춰 일을 저질렀다는 의미였다.

그게 어느 세력인가?

천마성인가? 집사전인가? 그것도 아니면 무본인가?

'하지만 이제는 그런 것을 안다고 한들 무슨 소용인가?'

퍼버벙—!

끄아아아아아—!

동봉수가 미친 듯이 이쪽으로 달려오고 있었다.

주변에 대기하고 있던 고수들이 무 썰리듯이 썰려 나
갔다.

팟.

동봉수가 한달음에 거리를 없애며 자신의 앞에 나타
났다.

도대체 어떻게 이런 신법이 가능한 것인가?

감탄했다. 그저 감탄스러웠다.

하지만 그럼에도…….

"승찬대사를 보내는 게 아니었어……."

죽기는 싫었다.

이미 스스로 그걸 결정할 수는 없었지만.

픽.

현천진인의 머리가 그대로 잘려 나갔다.

동봉수의 몸에서 빛이 쏟아져 나왔다.

그것도 한 번이 아닌 여러 번…….

그리고 마침내 전세를 뒤집을 만한 커다란 변수가 발
생했다.

[2차 전직 퀘스트 : 은거기인(隱居奇人), 무림공적(武林公敵)]

테스터 전용 2차 직업.

퀘스트 완료 조건 : Lv. 40 이상의 적 100 Kill 달성.

현재 퀘스트 완료도(완료수/종료수) : 0 / 100


                    *       *       *


황충민(黃忠民)은 해남의 한 중소방파인 거경방(巨鯨幇)의 소방주였다.

거경방은 규모가 그리 크지 않은 문파이기는 하나, 그 지역에서는 행세 깨나 하는 방파였다.

강호의 집단이라고 하면 일단 어느 정도 먹고 들어가는 면이 없지 않아 있는 대다가 주변에 마땅히 거경방을 견제할 만한 집단이 없는 것도 한몫했다.

그 때문일까.

황충민의 어깨에도 거품이 잔뜩 얹혀져 있었다.

최소한 이곳에 오기 전까지만 해도 말이다.

그가 무림맹에 한 발짝 발을 들인 순간부터 그런 어깨의 거품이 조금씩 씻겨 내려가기 시작했다.

어쩔 수가 없었다.

이곳엔 그보다 센 사람들이 줄을 지어 서 있었으니까.

옆을 스치는 자, 뒤에서 떠드는 이들, 앞을 가로막은 수많은 경쟁자들.

그 누구 하나 만만한 이들이 없었다.

어떻게 보면 당연하다.

동서로 만 리, 남북으로 만 리.

중원은 넓다.

상상 그 이상으로.

작은 물고기는 연안(沿岸)을 벗어나기 전까진 자기 자신이 큰 바다의 한 작은 미생물에 불과한지 모르는 법이다.

물고기는 결국 바깥세상이 궁금해 언젠가는 대해(大海)로 흘러들어 간다.

지금의 황충민처럼 말이다.

그렇다고 하더라도…….

"저…… 저, 저놈…… 뭐야 대체? 고수들과 강시들이 마구 썰려 나가고 있어……!"

퍼버버버버벅—

악어나 상어를 보고 싶은 마음은 없었다.

아니, 보고는 싶었지만 이렇게 가까이서는 아니었다.

하물며 그놈의 이빨이 이쪽을 향하고 있는 이때라면 더더군다나 더.

처음 마주한 것은 차치하고서라도 저 커다랗고 날카로운 이빨…….

무서웠다.

태어나서 처음으로 죽음이란 것을 연상했다.

온몸이 떨린다.

죽음이란 누구에게나 두려운 법이니까.

황충민은 혈선이 등선헌 아래쪽 언덕에 날아온 순간부터 등선당 안에 숨어들었다.

그럼에도 바들바들 떨림이 멈추질 않는다.

저 멀리 보이던 혈선이 한순간에 거리를 없애며 무림맹주 앞에 나타났다.

팟.

무림맹주의 목이 일검에 잘렸다.

방심한 것일까? 아니면 자포자기한 것일까?

아무튼 맹주라고 특별히 다른 작자들과 다르지는 않았나 보다.

몸이 더 떨리고 더 두려워진다.

휘리리릭, 툭, 퍽.

"히, 히이익—!"

잘린 무림맹주의 수급이 날아와 황충민의 발 앞에 떨어져 내렸다.

한여름 수박이 터지는 것 같은 큰 소리가 났다.

너무도 당연하게 무림맹주의 머리통 하관을 뒤덮은 백염백미가 새빨갛게 물들어 있었다.

화아악—

뒤이어 눈부신 빛이 수차례 등선당 안으로 쏟아져 들어왔다.

이 뒤의 초상들에 이어 새로운 무림맹주의 등선을 반기는 것일까?

그럴 리가…….

그것은 그저 혈선강림의 전주곡일 따름이었다.

스르릉, 창, 챵!

각종 무기가 뽑히는 소리와 함께,

현천진인을 죽인 동봉수에게 그 주변의 고수들이 일제히 공격에 나섰다.

"이런 미친놈!"

"감히 맹주님을! 네놈이!"

"이놈!"

"용서치 않겠다!"

"죽어라!"

처음에는 노천이, 다음에는 사마사의가, 그다음엔 제갈앙이, 마지막엔 자도운과 이현궁이 살초를 뻗어 냈다.

그들은 하나 빠짐없이 자신들의 기반 지역에서 일가를 이룬 절정고수들이었다.

쉽사리 무시할 만한 자는 없었다.

하나, 상대는,

인간이 아니었다.

고오오옹— 끼기깅.

동봉수의 왼쪽 어깨와 오른쪽 무릎의 찢어진 부위로 튀어나온 검편이 먼저 날아온 노천의 창과 사마사의의 필(筆)을 각각 막아 냈다.

창과 붓이 각각 목표를 잃고 어깨와 무릎에 가로막혀 멈췄다.

동봉수가 왼손을 들어 노천의 정지된 창 중간의 대를 잡아 바깥쪽 옆으로 튕겼다.

후우웅—

그에 동봉수의 왼쪽 옆으로 튕겨져 나간 창이, 그의 좌측 옆구리를 노리며 들어오던 제갈앙의 철선(鐵扇)과 부딪쳤다.

쫘자작.

철선의 살이 일거에 찢어발겨졌다.

철선의 살은 천잠사(天蠶絲)를 수십 겹이나 겹쳐 꼬아 만들어져 있었지만 별 소용이 없었다.

노천의 창은 그걸 찢을 만큼 충분히 날카로웠으니까.

이제 남은 건 등 쪽을 노리고 날아드는 자도운의 부(斧)와 이현궁의 도뿐.

쐐에엑—

동봉수가 벼락같이 뒤로 물러섰다.

그의 후방이 도끼와 칼의 사정권 안에 완연히 들어섰다.

왼편 도끼, 오른편 칼.

이대로면 도끼에 찍히고 칼에 썰려 두 동강이 날 것이다.

동봉수가 뒤로 물러나는 힘까지 더해진 상태여서 조금 전처럼 검편을 소환해서 막았다간 검편 쪼가리와 함께 몸통이 잘려 나갈 판.

이때!

그의 몸 주변에 갑자기 시체들이 튀어나왔다.

퍼버벅.

후두두둑.

도끼와 칼에 시체들이 뭉텅이로 잘려 나갔다.

"뭐, 뭐야?! 큭!"

"웬 시체들이! 컥!"

하나 그것은 그들만의 착각이었다.

그건 시체였지만, 그냥 시체가 아니었다.

강시, 바로 생체 방어 막이로 사용된 강시였다!

도끼와 칼에 토막 난 강시들의 손이 이현궁의 하물과 자도운의 목을 각각 우악스레 틀어쥐었다.

한순간의 착각과 당황이 작은 틈을 만든 것이었다.

"헉⋯⋯!"

그 틈을 이용한 것일까.

언제 들어온 것인지 동봉수가 둘의 사이에 서 있었다. 무정한 그의 눈이 살짝 사팔뜨기가 되어 좌우 하나씩 본다고 느낀 순간,

동봉수의 왼쪽 어깨와 오른쪽 무릎에 다시금 검편이

솟아올랐다.

그와 동시에 그의 어깨가 으쓱, 무릎이 바싹 들렸다.

푹, 푹.

견타(肩打)와 슬격(膝擊).

자도운의 아래턱에 검편 하나, 이현궁의 고환에 검편 하나.

두 개의 검편 모두 잘린 강시의 손까지 관통한 채였다.

"둘."

동봉수의 몸에서 또다시 밝디밝은 빛살이 뿜어져 나왔다.

"이, 이 괴물……."

쾅!

뭔가 저주 섞인 말을 하려던 노천의 얼굴이 앞선 둘에 이어 완전히 짓뭉개졌다.

"셋."

동봉수의 초고속 자전 낭인검이, 그가 말을 하려는 작은 방심의 순간과 레벨업의 찰나를 이용해 그의 머리를 아예 가루로 만들어 버린 것이다.

하고 싶은 말이 있었다면 나중에 해야 했다.

동봉수의 앞에서 그럴 틈이 있다면 도망부터 쳐야 할 테니까.

그걸 깨달은 것인지 사마사의와 제갈앙은 노천이 죽는 순간 이미 동봉수에게서 멀어지고 있었다.

마침 그 방향이 등선당 쪽이었다.

하지만 등선당은 이미 일반 생존자들로 만원이었다.

그 둘에게 허락된 자리는 전혀 없었다.

"비켜! 비키라고! 이 버러지들아!"

위기의 순간, 흥분했을 때, 취중(醉中), 그리고 죽기 일보 직전.

대부분의 인간은 거짓을 말하지 않는다.

못한다.

'버러지' 라는 짧은 단어가 저들이 평소에 중소문파 사람들, 이곳의 생존자들을 어떻게 여기는지 함축하고 있었다.

그나마 사마사의는 소리치는 게 다였다.

"나와! 나오라고 이 쓰레기들아!"

제갈앙은 아예 공격을 가했다.

아니, 그러려고 했다.

촤라락—

제갈앙은 살만 남은 파초철선(芭蕉鐵扇)을 쭉 뻗어, 제갈세가의 세가무공인 백학유운선법(白鶴流雲扇法)을 펼치려고 했던 것이다.

쇠로 된 백학이 구름 위를 노닐려고 하는 바로 그때.

퍼버벅.

사마사의와 제갈앙의 머리가 너덜너덜한 거죽 쪼가리가 되었다.

"다섯."

후두두둑.

등선당 안에 있던 생존자들의 얼굴에, 팔다리에, 온몸에 헝겊 조각처럼 갈기갈기 찢긴 둘의 파편이 쏟아졌다.

전신이 피범벅이 되었음은 말할 필요조차 없었다.

"히, 히이이익—!"

그중 가장 맨 앞에 있던 황충민은 아예 피를 왈칵 뒤집어썼다.

그가 놀라건 말건 동봉수가 머리 없는 시체 둘을 넘어 등선당 안을 쭉 둘러봤다.

그리고 마지막으로 자신의 코앞에 서 있던 황충민을 슥 한번 보고는 말했다.

"다섯."

그걸 끝으로 뒤로 돌아서 다른 쪽으로 이동했다.

황충민은 자신을 훑던 무심한 눈에서 그것을 보았다.

상어가 먹잇감을 고르는 그 모습을.

황충민은 다리에 힘이 빠져 주저앉았다.

그는 자신이 피라미라는 사실에 안도했다.

손바닥만 한 물고기라도 되었다면……

먹잇감이 되었을 테니까.

하지만 그는 그걸 알아야 할 것이다.

연안을 벗어난 작은 물고기는 결국 잡아먹힐 것이라
는걸.

잔인한 대해에는 범고래나 상어 말고도 수많은 종류
의 포식자들이 존재하니까 말이다.

$$* \quad * \quad *$$

사라라랑—

왼쪽 뺨에 상어에 뜯긴 듯 우둘투둘한 자상을 가진
사내가 거칠게 검을 휘두른다.

묵색검기가 일어 무강시들이 너댓 씩 참살(斬殺)된다.

검식은 성가팔식에 기초되어 있었으나 그 위력은 온전히 묵광살법에서 나오는 특이한 검법이었다.

그나마도 이제 서서히 성가팔식의 흔적은 옅어지고 있었다.

더는 감숙성가장의 소가주라는 얼굴을 유지한 채로는 강시들을 상대하기 어려웠다.

광운, 그가 되찾은 성휘라는 이름에 미련이 있는 것은 아니었다.

그저 무본의 명을 수행하기 위해서는 그 이름이 필요했기 때문이었다.

무림맹에서 이루어져야만 했던 무본의 계획은 이미 깨어졌다.

그것은 명확했다.

그럼에도 그는 고집스레 자신의 맡은 소임을 다하려 했다.

광운은 그렇게 무본에게 배웠고, 무본에서 커 왔고, 무본을 신봉했다.

'대체 어디서부터 잘못되었나?'

스스로에게 물어봤다.

사실 질문할 필요조차 없었는데도 말이다.

저기 저 맞은편 멀리에 있어 아주 작게 보이는 두 괴물, 저들이 문제였다.

애초에 계획 안에서 움직일 만한 존재들이 아니었다.

저들의 존재를 몰랐다는 것 자체가 패착이었다.

"어떻게 되었건 한 번 싸워 보고 싶군."

저들을 보는 것만으로도 손이 떨리고 숨이 막힌다.

마치 무본을 대면한 것처럼.

그리고 전투본능, 어쩌면 그가 살아 있는 유일한 이유일지도 모르는 그것이 마구 솟구치며 끓어올랐다.

"변영."

광운이 갑작스럽게 변영을 불렀다.

그녀는 그에게서 얼마 떨어지지 않은 곳에서 무강시들과 혈전을 벌이고 있었다.

전투가 시작된 지 얼마 지나지 않았을 때 현천진인의 곁에서 광운의 옆으로 왔던 것이다.

그녀가 아는 한도 내에서는 저 두 괴물을 빼고는 광운이 이곳에서 최고수였다.

즉, 지금 이 근방이 무림맹 내에서 가장 안전하다는 뜻이었다.

퍽, 화르륵.

그녀가 뇌정도를 떨쳐 무강시 하나를 태워 없애며 대답했다.

"왜?"

광운의 시선은 여전히 저 멀리 등선헌 쪽에서 미친 듯이 무림명숙들과 치고 박고 있는 동봉수를 향한 채였다.

초자전검륜에 의한 풍폭(風暴)이 몰아치고 그 안을 휘젓고 다니는 애꾸 회색거량이 언뜻언뜻 보인다.

크아아앙—!

북원의 제왕, 카이지가 사납게 울부짖고 있었다.

동봉수의 레벨업과 함께 부활했고, 심지어 이전보다 훨씬 강해진, 카이지의 포효가 무림맹 전체에 동봉수의 존재감을 드러냈다.

그걸 지켜보는 광운의 주변 기운이 어둡게 들끓었다.

"너는 저들이 누구인지 알고 있는가?"

변영은 광운이 말하는 저들이란 표현 속에 저 서편 언덕 쪽 암운에 휩싸인 연영하도 포함되어 있다는 걸 잘 알고 있었다.

하지만 그녀는 대답할 말이 없었다.

자신도 저 둘에 대해 아는 것이 아무것도 없었으니까.

"글쎄."

"무본께는 도저히 참을 수 없었다고만 전해다오."

"그게 무슨 말이지?"

변영은 광운의 말을 이해할 수 없어 고개를 갸우뚱하며 반문했다.

하지만 광운의 이어진 대답은 없었다.

정확히는 말이 아닌 행동이 대답을 대신했다.

파바바방—

광운이 갑자기 동봉수와 연영하가 있는 서쪽으로 날듯 도약했다.

경신술이 패도적이라면 조금 이상할지 모르겠지만, 지금 광운이 펼치는 신법이 실제로 그랬다.

그가 한 발 한 발 내디딜 때마다 검은 바람이 지독히도 일어나 그의 등을 사정없이 후려쳤다.

그 바람이 그의 몸을 더욱 빠르게 해 주는 것이 분명했다.

"묵풍광표(墨風狂飆)!"

묵풍광표는 천 년 전 절대고수 중 하나인 흑광신마

(黑狂神魔) 항주숙(項周淑)의 독문신법이었다.

그는 제 일대 극음천살성에게 가장 처음으로 죽은 고금백대고수(古今百大高手)로도 꽤 잘 알려져 있었다.

하나 그렇다고 그 무공을 현세에 살고 있는 사람이 한눈에 알아본다는 건, 정상적으로 볼 수는 없었다.

아무래도 천 년 전 무공이었으니 말이다.

그런데도 변영은 묵풍광표를 단번에 알아봤다.

왜냐하면.

"묵풍광표를 벌써 대성하다니. 나는 이제야 팔 성의 초입에 도달했을 뿐인데. 역시 싸움귀신인가?"

변영 그 자신도 무본에게 직접 묵풍광표를 전수받았기 때문이었다.

광운이, 검고 미친 회오리바람을 일으키며 삽시간에 꽤나 멀리까지 날아갔다.

하지만 이내 중대로 한가운데에 착지했다.

완벽한 비행을 할 수 없었기에 어쩔 수가 없었다.

그는 곧 무화문으로부터 쏟아져 들어온 강시들에게 둘러싸였다. 그 자신이 원하는, 싸움 상대인 동봉수나 연영하와 검을 맞대려면 저 강시의 바다부터 건너야 하리라.

"하긴 저 싸움꾼이 저런 싸움을 보고 참을 수 있을 리가 없지."

그녀가 아는 광운은 진짜 싸움에 미친놈이었다.

싸움을 위해 태어난 전광(戰狂)이랄까?

자신이 보기에도 이런 전투는 일평생, 어쩌면 수백 년 안에 다시 보기 어려울지도 몰랐다.

전투에 미친 광운이 저런 전투 장면을 보면서 참아 내기는 애당초 불가능한 일이었는지도 모른다.

그러나 자신은 아직 죽고 싶은 마음이 없었다.

그녀는 이미 직감했다.

여기, 이 싸움판에 제대로 휘말리면 뒤가 없다는 것 을.

이곳은 이미 죽음의 판이었다.

지옥과 다름이 없었다.

스스로 지옥 깊은 불구덩이 속으로 뛰어들 필요가 있 을까?

그녀, 아니, 그는 꿈이 큰 남자였다.

비록 지금은 여자 모습을 하고 있었지만 말이다.

그는 광운과는 본질적으로 달랐다.

똑같이 배우고 커 왔지만 무본을 신봉하지는 않았다.

그에게는 생존이 중요했을 뿐이었다.

살기 위해, 무본을 따르는 것이 유리했기에 무본을 택했다.

싸움도 이기는 싸움만 한다. 그래야만 한다.

모름지기 싸움이란, 이길 수 있게 제대로 포석이 깔렸을 때에만 해야 하는 것이다.

스스로 깔았든 남이 깔아 놓았든.

무림맹에서의 무본지계(武本之計)는 명백히 실패했고, 지금 물러난다고 해도 누구도 뭐라할 수 없었다.

납득할 만한 이유는 한 수레도 넘는다.

이미 책임소재를 따지기 어려울 정도로 판은 커져 있었다.

그는 잠시 회오리처럼 강시들을 휘몰아치는 광운의 등을 바라보다가 몸을 돌렸다.

그의 뒤에는 이미 무림맹 곳곳에 숨어 있던 외영들이 모두 집결해 있었다.

강시들의 습격에 벌써 반수가 죽었지만 아직 스물세 명이 남았다.

이제는 무림맹을 빠져나갈 때다.

"벗어날 수 있을지 없을지 장담은 못하겠지만, 일단

해 봐야겠지."

저쪽을 보니 벌써 제법 많은 이들이 내당 쪽을 뚫고 있었다.

연영하와 동봉수가 서쪽 등선헌 쪽으로 간 사이 탈출하려는 모양이었다.

그가 보기에도 그쪽이 현재로서는 가장 생존 가능성이 높은 방향이었다.

그리고 무엇보다도 그의 겉모습은 천하제일미녀이자 재녀인 남궁혜였다.

거기에 더해 얼마 전 가문이 몰살 당한 불행한 배경까지 있는 여자다.

자신을 위해 쓸모없는 목숨을 던져 줄 바보들이 아직은 이곳에 좀 더 있을 것이다.

그들의 목을 지옥의 신들에게 바치면서 이 아비규환을 벗어나야겠다.

"가자, 가서 무본께 이곳에서 본 모든 걸 말씀드려야겠다."

변영이 마침내 내당 쪽 길목을 뚫기 시작했다.

그의 뒤를 살아남은 모든 외영들이 뒤따랐다.

"광운, 역시 참지 못하고 뛰어들었군. 변영, 역시 예상대로 움직이고 있고."

"우리는 어떻게 할 예정입니까?"

"우리? 우리는 무본의 명대로 할 뿐이다. 극음천살성과 저자……."

비운은 잠시 동봉수를 뭐라고 불러야 할지 고민하다가 금방 적절한 단어가 생각나 말을 이었다.

"광마(狂魔)의 싸움을 보고 그대로 전할 수 있다면 그걸로 족하다."

"알겠습니다. 한데, 이곳에 그대로 있다가는 설사 우리들이라 할지라도 제때 빠져나갈 수 없을지도 모릅니다."

무본이 비밀리에 파견한 비운과 본영 셋.

그들이 있는 곳은 동편 성벽 위였다.

무림맹 내부의 전황을 모두 살필 수 있었기에 위험을 감수하면서까지 무리하게 이곳에 있었던 것이다.

아마 초절정고수 넷이 함께 있지 않았다면 진즉 강시들의 손에 짓이겨졌으리라.

비운이 성벽 위를 기어 올라오는 무강시에게 다시 한 번 장력을 펼쳐 떨어뜨리며 말했다.

"나는 비운이다. 아무리 적들이 강력하다 할지라도 하늘로 날아서 나가면 될 것이 아닌가?"

"……."

"두세 명 정도는 더 데리고 갈 수 있을 것이니 너희들은 너무 걱정 말거라."

그 말을 끝으로 비운은 동봉수와 연영하에게 집중하기 시작했다.

본영 셋은 복명하며 최대한 전황을 살펴 갔다.

비운이 가장 중요한 쪽을 관찰하고 있었기에, 그들은 나눠서 광운과 변영, 그리고 다른 이들의 혈투와 탈주 과정을 눈에 담았다.

\* \* \*

스스스슥.

종지항의 발이 되풀이하여 북두칠성을 땅 위에 그린다.

그 모습이 미끄러지듯 너무도 자연스럽다.

그러면서도 그의 태천강검은 똑같은 북두칠성을 허공에 그리고 있었다.

그것이 발이 그리는 북두칠성과는 달리 너무도 매서웠다.

북두천강보(北斗天剛步), 대천강검법(大天剛劍法).

역사의 뒤안길로 사라졌다고 생각되었던 종남파의 장문보법과 검법이 무림맹 안, 동편 항마전 근방에서 재현되고 있었다.

종지항의 좌수가 움직일 때마다 무강시들이 속절없이 잘려 나갔다.

저쪽 한편에는 일녀이남(一女二男)이 힘겹지만, 그럭저럭 강시들을 막아 내고 있었다.

입으로 뭔가를 쩝쩝 씹으며 끊임없이 철퇴를 휘두르는 철탑거인, 은대랑(殷大狼).

요대처럼 자유자재로 휘어지는 연검(軟劍)을 내지르며 고군분투하고 있는 얼음꽃 같은 미녀, 천태령(天兌嶺).

그리고 그들의 뒤쪽에 앉아 칠현금(七絃琴)으로 음공(音功)을 펼치고 있는 수려한 외모의 예인(藝人), 송현(松玄).

그들 모두 만만치 않은 실력으로 강시들을 막아 내고 있었다.

특이한 점이라면, 그들은 여러 번 손을 맞춰 본 것처럼 죽이 착착 맞게 움직이고 있다는 것이 다른 이들과의 차이점이었다.

저들뿐만 아니라, 천하청비무대회 결선에 진출한 진출자들이 필사적으로 강시들을 막아 내고 있었다.

다들 특유의 강력한 무공을 사용하는 것이, 다시금 천하의 넓음을 실력으로 증명하고 있었다.

천하(天下).

하늘 아래 온 세상.

당연히 넓다.

하지만 그렇다손 치더라도,

저기 저 둘은 이해할 수 없는 인간들이었다.

처음 볼 때는 평범하다 생각했었는데, 그것이 자신의 실력이 모자랐기에 그랬다는 사실을, 종지항도 이제는 알게 되었다.

그는 자신이 무림에 나오기만 하면 자신의 중심으로 무림이 돌아갈 것이라고 자부했다.

자만했다.

그렇다.

그건 자만이었다.

"틀린 게 아니었어. 사부의 말씀이."


"하늘은 높고 크고 장엄하고, 그것만으로도 절대자다. 네 놈 따위가 단번에 쉽게 벨 수 있다면 이미 하늘이 아니지."

"베겠습니다. 벨 수 있습니다. 그래도."

"클클. 설레방귀는 종남산을 내려간 다음에나 마음대로 끼거라. 제자야."


확실히 스승의 말이 맞았다.

이제는 자신할 수 없었다.

하늘을 지울 수 있을지 없을지.

우물을 벗어나자마자 마주한 하늘이 너무 높았다.

그것도 두 개의 높은 하늘을 동시에 마주했다.

검은 하늘과 붉은 하늘.

그 두 하늘이 천하를, 무림을 엉망진창으로 만들고 있었다.

"……."

저 둘의 정체가 무엇인지는 그에게 큰 의미가 없었다.

저 둘이 싸우면서 사람들이 죽어 나간다는 사실 또한 크게 중요치 않았다.

저 둘의 싸움에 사람들이 피해를 입지 않는다는 것 자체가 어불성설이었으니까.

그에게는, 그의 머릿속에는 지금 단 한 가지 생각밖에 없었다.

'내 검이, 내 실력이, 내 무공이 저들과 과연 견줄 수 있을까?'

무모할지도 모른다.

이란격석(以卵擊石)일지도 모른다.

그럼에도 한 번 싸워 보고, 붙어 보고, 시험해 보고 싶었다.

하늘 저 너머에는 과연 뭐가 있을까?

천하를 지우면 정말 무적이고 무쌍이고 제일인가?

확인해 봐야 했다.

파라라라락—

그의 발이 다시 한 번 북두칠성을 그렸다.

아까와의 차이점이라면 그 북두칠성이 허공에 그려지고 있다는 점이었다.

그의 신형이 하늘에 뜬 별과 같이 흐릿한 잔영을 남

기며 서편으로 미끄러져 갔다.

*　　*　　*

크크크크크크.

끼끼끼끼끼끼.

기괴한 음성이 무림맹 전역에 메아리쳤다.

그 말인즉슨, 무강시 군단이 무림맹을 거의 장악했다는 소리.

그들의 선두엔 돌격대장 격인 팔황천살조가 있었다.

강시화(殭屍化)된 초절정고수인 팔황천살조를 막을 수 있는 고수는 얼마 없었다.

그리고 그 팔황천살조의 정점은 물론,

파천(破天)의 극음천살성이다.

무강시들이 쉴 새 없이 무림맹으로 쏟아져 들어왔고, 대부분은 연영하가 있는 등선헌 입구로 몰려들고 있었다.

끼끼끼끼끼끼.

크크크크크크.

                    *       *       *


연영하는 등선헌 입구에 멈춰 선 채 더 이상 움직이
지 않고 있었다.

그렇다고 해서 다른 인물들이 그녀에게 접근할 수 있
는 것은 아니었다.

그녀의 몸 주위를 감싸고 있는 천살기가 점점 짙어지
고 있었고, 거기에 더해 커지기까지 하고 있었으니까.

천살기 덩어리에 잠식된 건 그것이 무엇이 되었건 간
에 녹아 없어졌다.

흙이건 돌이건, 사람이건.

그녀 주변의 모든 사물이 점차 그 암흑 뭉개 구름 안
에 묻혀 들어갔다.

그런 상황 속에서, 동봉수가 살아남은 구파일방의 장
로, 명숙, 무림맹의 주요 인사들과 격돌했다.

퍼버벙—!

천붕지괴(天崩地壞).

하늘이 무너지고 땅이 으스러진다.

무림에서 이름 높은 이들이 무더기로 나가떨어졌다.

연영하의 주변으로 집약되어 들어가는 어둠과 대조적

으로, 동봉수의 몸에서 뿜어지는 빛의 강도는 점점 세져 갔다.

모두가 그 모습에 압도되었다.

사람이라면 누구나 저들의 인간 같지 않은 강함에…….

질식되었다.

도대체 누구를 응원해야 하는 것인가? 대체 어떤 악이 진짜 악인가?

어떤 자가 최악(最惡)이고, 어떤 자가 차악(次惡)인가?

확신할 수는 없었지만, 다들 나름대로 느끼고 판단한 차악을 자신들도 모르는 새에 응원하고 있었다.

차악은 약자에겐 자비…… 아니, 아니다.

무관심.

그래, 무관심했고, 강자만을 사냥하고 있었고 최악은 닥치는 대로 모두 학살하고 있었으니까.

"72, 73, 74…… 89……."

시간이 흐른다.

읊조리는 숫자가 올라간다.

성광이 더욱 강렬해진다.

쿠구구구구

피가 흐른다.

굉음이 커진다.

암운도 점점 짙어진다.

차악도, 최악도 모두 강해지고 있었다.

그러던 어느 순간.

"100."

차악, 동봉수의 몸에서 황금빛 광채가 뿜어져 나와 하늘을 뒤덮었다.

이미 그 주변의 고수란 고수의 씨가 마른 것은 당연지사였다.

동시에……

쉬이이이이익—

최악, 연영하의 몸을 감싸던 암운이 피투성이 땅을 잠식하며 검게 오염시켰다.

순식간에 등선헌 주변과 언덕이 시꺼멓게 변색되었다.

띠링띠링.

그때 동봉수의 귀에는 시스템이 방울소리를 시끄럽게 울려 대고 있었다.

[퀘스트 완료.]

[플레이어 님께서 2차 전직 퀘스트를 완료하셨습니다.]

[원하시는 2차 직업을 선택하여 주세요. 귀하께서 선택하실 수 있는 직업은 은거기인(隱居奇人)과 무림공적(武林公敵)입니다.]

[은거기인은 속세를 떠나 숨어 지내는 기이한 사람입니다. 은거 중 특이한 무공과 실험적인 심법을 여럿 개발해, 강호에 다시 나가기만 한다면 매우 많은 사람을 놀라게 할 만한 직업입니다. 때로는 우스꽝스럽지만 때로는 매우 강력한 기술을 쓰는……(중략)…… 이 직업의 플레이어와 그 기행을 파티 동료들은 아주 좋아할……(후략)…….]

[무림공적은 전 강호 공공의 적입니다……(중략)…… 정사마 어느 속성에도 속하지 않는 이 직업은 그 어느 곳에서도 환영받지 못합니다. 상식을 뒤집는 파격적인 무공과 도저히 회복할 수 없는 업(業) 수치 또한 이 직업의 특징입니다. 혼자 살아갈 수밖에 없는 고독한 성향의 이 직업은 PK와 같은 대인전에 특화되어 있습니

다. 네임드 보스를 잡는 데에 매우 유리해, 파티원들이
보스전 때만큼은 이 직업의 플레이어를 찾을……(후
략)…….]


동봉수는 가만히 시스템의 기계적인 음성을 들으며
연영하와 그 주변 암운의 변화를 예의주시했다.

빠지직, 빠직. 지지직—

블랙홀 밖으로 빠져나오는 제트기류가 저러할까?

연영하를 둘러싼 암운 이곳저곳에 번쩍이는 스파크가
튀었다.

동봉수의 몸에서 풍겨 나오는 분위기가 더욱 가라앉
았다.

"탈피인가."

동봉수가 보기에 저 암운은 껍질이었다.

저것을 다 먹고 밖으로 빠져나올 존재는…….

불가사의한 힘을 가진 존재이리라.

동봉수는 [은거기인]과 [무림공적] 홀로그램 아래쪽
에 있는 '자세히'라는 버튼을 눌러 두 2차 직업의 장
단점을 분석해 갔다.

시스템의 설명대로 [은거기인]은 파티플레잉(Party

Playing)에 유리한 스킬을 여럿 가지고 있었고, [무림공적]은 솔로잉(Soloing)에 특화된 무공 위주였다.

그가 보기에는 [은거기인]이, 레벨업이나 퀘스트 해결 등 장기적인 게임 운영에 상당히 매력적이었다.

반면에 [무림공적]의 스킬은 매우 패도적이며 강력했지만, 전부 어딘가 패널티를 가지고 있었으며, 까다로운 단점들이 꼭 하나씩 따라다녔다.

빠지지지직—

지진의 진파처럼 뻗어 나가며 영역을 넓혀 가던 검은 기운이 어느 사이엔가 동봉수 바로 발밑까지 다다랐다.

그러고는 동봉수를 노려보며 그 진격을 멈추었다.

이제는 결정을 내려야 할 시점이다.

원래라면 장기적인 관점에서 유리한 직업을 선택하는 게 맞을 것 같았지만, 지금 당장 그에게 중요한 건 대인(對人), 그것도 하나, 단 한 명을 잘 상대할 수 있는 직업을 고르는 것이 맞았다.

지금 둘 중 그런 직업은 명확했다.

'PK에 유리하다라……. 선택의 여지가 없군.'

달칵.

선택을 완료하는 소리.

우우웅—

[플레이어 님께서 무림공적(武林公敵)으로 전직하셨
습니다.]

[전직에 따른…….]

…….

……

…

…

.

마침내 2차 전직을 이루었다.

그의 눈앞에 여러 개의 홀로그램 메시지 창이 중첩되
어 떠올랐다.

그의 입술이 가는 실선을 만든다.

같은 시간, 동봉수의 바로 앞에서 꿈틀거리던 암운이
뭉글뭉글 쪼그라들기 시작했다.

착.

동봉수가 들고 있던 검이 바뀌고.

착.

동봉수가 착용하고 있던 장구류들 또한 모두 바뀌었다.

이전의 새빨갰던 [낭인 세트]가 모두 흑색으로 바뀌었다.

얼핏 보면 강시들과 구별이 잘되지 않는 복색이었다.

적(敵).

그의 상의 등 뒤쪽에 용사비등(龍蛇飛騰)한 필체로 적힌 멋들어진 붉은 글자 하나, 그것만이 강시들이 입고 있는 복장과의 차이점이었다.

"그, 그으르르르르."

백인(白人).

인종적인 백인종을 말하는 것이 아니었다.

동봉수가 완벽히 새까만 세트로 탈바꿈한 반면, 어둠의 기운을 완벽하게 빨아들인 연영하는 이상하리만치 새하얗게 변해 있었다.

세상의 불순한 기운을 온전히 잡아먹었다는 의미인 걸까?

실오라기 한 올 걸치지 않은 그녀의 완벽한 나신에서 오히려 백옥빛 윤이 감돌았다.

지저의 끝처럼 새까맸던 눈동자도 백색증에 걸린 양 새하얗게 변해 백광을 번뜩였다.

머리칼과 비지(秘地)를 가리고 있는 밀림(密林)은 또

어떤가?

북해빙궁(北海氷宮)을 떠받치고 있다는 만년백빙(萬年白氷)이 저럴까?

백빙발(白氷髮)이라면 적절한 표현이 될까?

지독히 하얘서 투명하게 보였다.

그녀의 몸을 통해 뒤쪽의 풍경이 옅게 보일 정도로.

그것이 너무도 신비로워 그녀를 인간 같이 보이지 않게 만들었다.

또 하나 특이한 점.

원래의 그녀는 아름다웠지만, 조금 어린 감이 없지 않아 있었다.

한데 지금의 그녀는 완전히 성숙하며 아름다움 그 자체였다.

미의 화신이 성체화되었다는 표현이 좀 더 적합할지도 모르겠다.

"괴물치고는 지독히도 말끔하군."

딱 없애기 좋게도 말이다.

"그르르르르르— 크와앙—!"

동봉수의 이죽임에 포효로 화답하는 연영하였다.

이미 그녀에게 이성의 흔적은 조금만큼도 남아 있지

않았다.

휘이이이이이잉—

북방의 삭풍은 비교도 되지 않을 차가운 바람이 쑥대밭으로 변한 무림맹을 핥아 내렸다.

하늘에서 내리쬐는 봄볕은 아무 소용이 없었다.

살을 에는 강풍이 무림맹 전체를 감싸 안고 있었으니까.

"이제야 왜 극음(極陰)천살성이라 불리는지 알 것 같군."

동봉수의 말 그대로였다.

진정한 천살기는 극음의 천살기였다.

검은색이 아니었다. 그녀의 백빙발과 흡사한 그런.

그녀의 몸에서 은빛 투명한 한기가 흘러나왔다.

좌자자자자자작—!

한순간에 대기가 얼어붙었다.

우우우우우우웅—

동봉수의 무한한 초진기장과 연영하의 진극음천살기(眞極陰天煞氣)가 등선헌 상공 한가운데에서 맞닿았다.

第二六章

대결(大結)

絶世狂人

죽음은 존재하지 않는다. 살아가는 세계가 바뀔 뿐이
다.

— 인디언 드와이시족 격언

＊　　＊　　＊

팡.

압축된 기파가 터지는 소리.

초진기장이 얼어붙으며 그 거침없는 진격을 멈추었다.

쫘자자자작.

얼어붙은 대기의 기들이 자연히 동봉수의 통제를 벗어났다.

이제 이 영역은 연영하의 강역(疆域)이다.

문제는 그 범위가 계속 넓어지고 있다는 점.

대기가 투명하게 잠식된다.

"하아—"

연영하의 입김이 투명한 대기에 길게 내뿜어졌다.

"······!"

처음에는 단순한 입김으로 보였지만, 그것이 아니었다.

후.

그녀가 가볍게 동봉수를 향해 바람을 불었다.

고오오오, 쫘자작.

얼음입김?

아니, 아니다.

절대빙선(絕對氷線)!

입자들이 언다.

대기가 멈춘다.

주변의 모든 공기분자들의 움직임을 완벽하게 얼리는

지독한 얼음광선이 엄청난 속도로 날아들었다.

초진기장이 영향을 미치는 영역 내에서도 이미 온도가 영하 한참 밑으로 떨어져 내려 초진기파의 기민함이 사라졌다.

자연히 초진기장으로는 얼음광선을 완벽히 막아 내기 어려웠다.

사라랑.

동봉수, 그가 얇게 낀 살얼음을 검에서 털어 냈다. 이전의 검붉은 색이었던 [낭인검]과는 확연히 차이가 나는 새까만 묵철검이 그 본모습을 드러낸다.

우우웅—

검이 초고속으로 자전하며 다시 한 번 초자전검륜이 일었다.

그는 활을 쏘는 듯한 자세—검을 잡은 손을 뒤로, 다른 손을 앞으로 쭉 뻗은 자세—로 검을 들었다가 그대로 앞으로 쭉 내질렀다. 수레바퀴형의 검륜이 팽이처럼 돌며 얼음광선을 향해 마주 쏘아져 들었다.

끼이이이잉.

드릴이 얼음을 파는 듯한 소리가 이렇게 살벌할까?

얼음광선이 흰 증기를 사방으로 마구 튀겨 내며 분쇄

되었다.

하지만 그 얼음광선은 끝도 없이 날아들었다.

그렇기에 그 깊이가 무한한 빙갱(氷坑)과 다를 바가 없었다.

동봉수는 결국 검을 뒤로 빼고 옆으로 몸을 날렸다.

찌지지직.

'조금 늦었나.'

신속하게 몸을 뺀다고 뺐는데, 얼음광선을 완벽히 피하는 데에는 실패했다.

얼음광선이 팔뚝 일부분을 스쳐 지나갔던 것이다. 한 순간에 한독(寒毒)이 침습해 들어 몸 전신을 으슬으슬 떨리게 한다.

쫘악, 푹.

동봉수는 일말의 망설임도 없이 팔부위의 옷을 젖히고는 한독이 스민 부위를 잘라 냈다.

살이 뭉텅이로 썰려 나갔지만 피는 조금밖에 나지 않았다.

그 짧은 시간 동안 살짝 얼어붙은 것이다.

그렇다고 고통이 없는 건 아니었음에도 동봉수는 침착했다.

그는 다시 옷을 여미고는 곧장 연영하 쪽으로 쇄도해 들었다. 팔에서 흘러나온 피가 허공에 흩뿌려지며 급격하게 얼어붙었다.

쐐애애액.

연영하가 뇌쇄적인 나신을 드러낸 채 동봉수를 마주쳐다보고 서 있었다.

대기를 찢으며 빠르게 거리를 좁혀오는 그의 모습을 가만히 바라보던 연영하가 어느 순간 손가락 하나를 까딱였다.

사실 별다른 동작은 아니었다.

그저 손가락 하나를 움직인 것뿐이었다.

하나 그 순간 동봉수는 몸을 급격히 틀어 날아가던 방향을 바꾸었다.

그 이유는.

쫘자작.

그가 날아가던 발밑을 뚫고 얼음송곳이 솟구쳐 오를 걸 미리 감지했기 때문이었다.

조금만 늦었더라면 하반신이 걸레쪽이 되었을 터.

쐐애애액.

그는 쇄도해 들던 방향만 바꾼 채 계속해서 연영하를

향해 달려들었다.

파창!

동봉수가 연영하의 삼 장여까지 근접해 초자전검륜을 일으켜 연영하를 찔렀다.

까딱.

연영하의 두 번째 손가락이 움직였다.

얼어붙은 땅이 방패 모양으로 솟구쳐 오르며 동봉수의 초자전검륜을 도중 차단했다.

그녀는 멈추지 않고 곧바로 세 번째 손가락을 들어 올렸다.

그러자 얼음창 하나가 추가적으로 동봉수의 발이 있는 곳 아래에서 벼락같이 솟구쳐 올랐다.

우우웅―

원래라면 그 날카로운 창에 발이 꿰뚫렸어야 하건만, 동봉수는 오히려 그 창을 타고 바람같이 위로 날아올랐다.

초진기장을 발에 집중시켜 일순 몸을 가볍게 한 것이었다.

파라라락.

얼음창의 끝까지 타오른 그는 공중에서 몸을 거꾸러

뜨려 검을 아래로 바짝 세운 채 그대로 바닥 쪽 연영하를 향해 찍어 내렸다.

연영하의 백안이 순간 하얗게 번뜩인다.

휘리리릭.

그녀의 얼음 같은 머리칼이 하늘 위로 세침(細針) 같이 뻗쳐 휘날렸다.

콰아아아아앙!

초자전검륜과 진극음천살기를 가득 머금은 연영하의 머리칼이 충돌했다.

쿠르르르르르르…….

등선헌의 한가운데가 일순간에 폭삭,

마치 거대한 운석이 떨어진 양 언덕이 푹 꺼졌다.

그 즉시 둘의 모습이 사람들의 시야에서 완전히 사라졌다.

"끝인가……."

"아니, 아직이야! 땅, 땅이 흔들리고 있어……!"

사람들은 아직 싸움이 끝나지 않았다는 걸 여실히 느낄 수 있었다.

쾅, 우르르르, 쿠르르.

땅이 흔들리고 있기에.

시야가 떨리고 있기에.

여전히 대기가 차갑게 내려앉아 있었기에…….

둘은 구덩이 안에서 여전히 치열하게 충돌하고 있었다.

사람들은 침묵하며 구석으로, 끝으로 붙었다.

이미 저들의 싸움으로 말미암아 많은 이들이 죽었고, 많은 것들이 파괴되었다.

바깥으로 도망가는 것도 상상할 수 없었다.

우글거리는 강시의 바다를 건널 자신이 없었으니까.

최선(最善)은 이미 없었다.

모두 차선(次善)을 기대한다.

차선이라고 해 봐야 그저 차악의 승리를 기대하는 것뿐.

그들은 그저 성벽의 구석이나 건물의 잔해 뒤에 숨어 싸움이 끝나기를 기다릴 따름이었다.

쿠르르르르.

콰앙!

퍼엉.

흔들림은 한동안 지속되었다.

해가 서산으로 완전히 넘어가고도 한참이나 더 지난

어느 시점이 되었다.

파바박—

갑자기 대지가 들썩이더니 검은 인영이 빠르게 튕겨 나왔다.

그 뒤를 이어 새하얀 인영이 구덩이 밖으로 솟아올랐다.

동봉수, 그리고 연영하였다.

땅속에서 무슨 일이 있었던 것일까.

드디어 역전의 기미가 보인다고 해도 되는가?

연영하의 새하얀 몸이 넝마가 되다시피 되어 있었다.

머리칼은 마구 어질러져 있었고, 팔다리에 수많은 자상이 새겨져 있었으며 매끈한 하복부는 아귀의 입처럼 쩍 벌어져 새하얀 피를 벌컥벌컥 토해 내고 있었다.

반면, 동봉수의 전신은 비교적 멀쩡했다.

가는 찰과상 몇 개와 동상을 입은 부위 몇 군데를 제외하고는 상처가 보이지 않았다.

연영하가 몽글몽글 피가 흘러나오는 하복부를 내려다본다.

"……"

천하절곡의 끄트머리처럼 쩍 벌어져 쉴 새 없이 흰

피를 토해 내고 있었다.

이성이 없는 상태에서도 고통을 느끼는지 그녀의 얼굴이 살짝 찡그려졌다.

그러나 그건 아주 잠깐이었다.

그녀가 곧 다시 고개를 들어 동봉수를 바라봤다.

그런 그녀의 백안이 더욱 새하얗게 번쩍였다.

몰이성인 채로도 상대의 강함을 깨달은 것 같았다.

아니, 어쩌면 이성이 아주 조금이나마 돌아온 듯도 보였다.

"두들겨 맞으니까 돌아오는 이성이라. 그럼 죽으면 그제야 정상을 되찾겠군."

동봉수의 무심한 중얼거림을 들은 것일까.

"끼아아아아—!"

연영하가 괴성을 지르며 허공으로 손을 치켜들었다.

그러자 엄청난 한기가 그녀의 손으로 흘러들었다.

꼭 천지 간의 모든 음기가 몰려가는 듯 어마어마한 존재감이 그녀의 손끝에서 느껴졌다.

"크. 어쨌든 재밌어. 살면서 누구를 죽이는 걸 빼고 이렇게 흥미를 느낀 건 정말 처음이야. 죽지만 않는다면 영원히 계속해 보고 싶을 만큼."

동봉수의 입가가 살며시 비틀리며 말려 올라갔다.

철저했던 무심함이 깨어지며 찾은 그만의 아주 작은 미소였다.

사실은 동봉수도 겉으로만 멀쩡해 보일 뿐, 지하에서의 충돌은 그의 내부를 완전히 엉망진창으로 만들어 놓았다.

그러나 즐거웠다.

그거면 충분했다.

왜?

감정 하나를 찾았으니까.

그거면 족하다.

동봉수가 다시 검을 들었다.

"큭."

전신의 세포 하나하나까지 이제는 좀 쉬라고, 쉬어도 된다고 아우성을 쳤지만, 동봉수는 무시했다.

그의 눈에는 지금 연영하밖에 보이지 않았다.

승패?

중요치 않다.

그녀와의 싸움이 끝나기 전에는 멈출 수 없었다.

쉼?

그것도 아직이다.

그건 아마 연영하도 마찬가지인 듯했다.

그녀가 하얗게 웃고 있었다.

그 때문일까?

그녀의 손끝에 모인 음기가 더욱 강렬해졌다.

곧 그 끝을 뚫고 하늘 위로 음기가 솟아올라 천정(天頂)을 꿰뚫었다.

쿠구구구.

하늘이라는 연못에 흰 돌이 떨어져 파문이 번지듯 연영하의 머리 위 천정을 기점으로 해서 사방으로 음기가 퍼져 나갔다.

운집(雲集).

흔히 비유적으로 사람들이 많이 모인다고 할 때 쓰이는 말인데, 이번에는 진짜 구름들이 자연의 법칙을 거스르며 한곳으로 모여들고 있었다.

동봉수가 고개를 들어 하늘을 바라봤다.

"신기하군."

아마 저쪽 세상에 있었다면 평생 볼 수 없었던 일일지도 모른다.

또 모른다.

과학이 더욱더 발달해서 신의 영역에 접어든다면 가능할지도.

실제로 구름 안에 응결핵을 쏘아 올려 인공강우도 가능한 세상이었으니까.

하지만 저런 식의, 인간 그 스스로의 힘만으로 저런 일이 가능하다?

영원히 볼 수 없었으리라.

도대체 어느 정도의 에너지를 자유자재로 다룰 수 있어야 저런 일이 가능할까.

동봉수로서도 추측불가였다.

하지만 왠지…….

질 것 같지 않다.

저런 일이 가능하지는 않았지만, 자신도 이미 자연적으로 존재할 수 없는 그런 존재가 되었으니까.

투두둑, 툭툭.

구름이 집결해서일까.

비가 떨어지기 시작했다.

툭.

동봉수의 뜬 눈알에 빗물이 떨어졌다.

그는 생각했다.

도대체, 왜, 이성도 없는 연영하가 비구름을 끌어모아 비를 내리게 했을까?

생각은 그리 길지 않았다. 이유를 알 것 같았으니까.

우우우우우웅!

주변의 초진기장이 광폭하게 들썩이며 빗물을 튕겨냈다.

그리고 그 순간!

빗물이 튕겨져 나가는 소리가, 커졌다!

액체가 튕겨져 나가는 소리에서 고체가 튕겨져 나가는 소리로.

비가 눈이 되고, 눈이 완전한 얼음이 되었다.

"크크."

"크크."

동봉수와 연영하 둘의 웃음이 닮아 갔다.

둘 다 만족스러웠다.

어쩌면 삶의 마지막 싸움이 될 전투의 맞수가 상대방이라는 사실이.

후두두두둑.

우박이 마구잡이로 하강한다.

그리고 그 우박의 일부가 연영하의 몸에 모여들어 빙

갑(氷鉀)을 형성했다.

신비롭다.

이전의 다 드러나 있던 그녀의 나신이 좀 더 원색적이고 투명했었지만, 보일 듯 보이지 않는 불투명한 이쪽이…… 그래서 더 신비롭고 아름다웠다.

하나 그것보다는,

자신에게 몰려드는 우박이 더욱 신비롭고…….

신경 쓰인다.

우우우우우웅─!

동봉수의 주변으로 날아들던 우박들이 초진기장에 말려 들어와 동봉수 주변을 휘돈다.

마치 태양 주변을 도는 소행성들처럼.

한데 그 궤도가 차츰 줄어들었다.

점점 연영하의 영역이 넓어지고 있다는 뜻.

동봉수의 눈이 더욱 평범해졌다.

그리고 하나 둘 행성들이 궤도를 이탈해 동봉수 쪽으로 떨어지기 시작했다.

팅, 티딩, 팅팅팅…….

갈수록 그러한 개수가 늘어났다.

동봉수가 검을 움직여 일일이 쳐 냈다.

하나 튕겨 내면 튕겨 낼수록 오히려 날아드는 우박의 개수는 늘어만 갔고, 퉁겨진 것들 또한 다시 원래의 궤도로 돌아갔다.

당연하게도 그의 주변을 도는 우박의 수는 기하급수적으로 늘어가기만 했다.

동봉수는 볼 수 없었지만, 이미 밖에서 볼 때 그는 우박의 소용돌이? 언덕? 산? 아무튼, 그 정도로 큰 덩어리 속에 파묻힌 상태였다.

연영하는 그 밖에서 가만히 손을 휘저으며 우박을 떨어뜨리고 있었다.

게다가 더욱 큰 문제는 우박에 둘러싸인 동봉수가 점점 더 그 공간 안에 밀폐되어 간다는 점이었다.

온도라는 건 기본적으로 입자의 평균적인 운동에너지 혹은 활동성을 말한다.

절대 영도인 영하 273.15℃에 이르면 우주가 멈추고 시간이 멈추고 엔트로피가 0에 이르고, 따라서 모든 입자의 움직임이 멈춘다.

당연히 생명체는 그러한 온도 아래에서 생존할 수 없다.

한데 연영하의 절대극음영역에 점점 더 가까워지는

이 공간의 온도가 빠르게 절대영도에 수렴해 가고 있었다.

즉, 동봉수가 우박에 맞아 죽는 것이 아닌, 그대로 멈추게 될 시간이 머지않은 것이다.

그의 육체도, 정신도, 영혼도, 이제 곧 정지하게 될 것이다.

동봉수의 얼어붙은 눈이 빙빙 도는 얼음의 산을 뚫고 연영하를 바라본다.

도대체 몇 겹인지 알 수 없을 정도의 두꺼운 우박층을 격하고 흐릿하게나마 그녀가 보였다.

연영하도 그런 동봉수의 무심한 눈을 마주 본다.

연영하, 그리고 진극음천살기가 한순간 주춤한다.

하나 그것도 잠깐, 금세 그녀의 눈에서 흉포한 빛이 재차 떠올랐다.

쿵!

그녀가 왼발을 들었다가 그대로 땅을 내리밟았다.

찌직, 쩌저저적!

빙빙 도는 우박 아래쪽으로 땅이 얼어붙으며 진격했다.

그러고는 동봉수의 발아래 도달해서 얼음결정이 실체

화되며 얼음 칼 모양을 이루며 위로 솟구쳐 올랐다.

파바바박—

아래에는 얼음 칼, 위와 전후좌우에는 엄청난 에너지를 가진 빙우(氷雨).

기온은 절대영도에 가깝다.

그동안 만능회피기로 써 왔던 [보법]의 사정거리는 고작 7m에 불과했다.


[보법(步法) Lv.Max 숙련도 : 0%]

상대의 공격을 효율적으로 피하기 위해 고안된 기묘한 걸음걸이.

시전 시, 전후좌우 중 한 방향으로 1회 순간이동 한다.

쿨타임 : 5분

현재 적용 레벨 : Lv.Max (플레이어는 이 스킬의 레벨 수위를 조절할 수 있습니다.)

이동거리 : 7m

회당 진기 소모 : 1000 JP


그를 둘러싸고 있는 빙우의 덩어리 두께는 이미 7m를 아득히 넘어섰다.

설사 7m가 되지 않는다 하더라도 보법으로 이곳을 벗어날 수는 없었다.

왜냐하면, 빙우산의 밖에도 여전히 연영하가 불러온 구름이 우박을 쏟아 내고 있었기 때문이었다.

벗어나는 순간 그곳에 다시 우박이 떨어지며 지금과 똑같은 공간에 갇히게 되리라.

찌직.

빙검(氷劍)에 동봉수의 발바닥이 짓이겨지고 발등이 꿰뚫렸다.

고통도 느껴지지 않았다.

이미 온몸이 얼어붙어 제대로 감각이 느껴지지 않았으니까.

하나 동봉수의 사고는 멈추지 않았다.

그가 빙검에 뚫리는 힘을 빌어 위쪽으로 솟구쳤다.

그러고 동시에 전직하면서 얻은 검, [구마멸륜검]을 위로 들어 천장을 겨누었다.

상부에는 자신이 일으킨 초진기장과 진극음천살기의 충돌로 인해 초고속으로 회전하는 우박 덩어리들이 뭉쳐 있었고 점점 쌓이는 무게를 감당 못해 아래로 차츰 내려앉고 있었다.

자연스레 천장과 그가 점점 가까워져 갔다.

7m, 6m, 5m……

어떻게 해야 하는가?

이대로 죽을 수밖에 없는 것인가?

동봉수가 할 수 있는 건 없었다.

누가 봐도 그렇게 보였다.

하나 동봉수에게는 새로 뽑은 비장의 카드가 몇 장 더 있었다. 아직 까뒤집어 보질 않아 어떤 패인지는 몰랐지만, 분명 비장의 카드였다.

그것은……

동봉수가 새롭게 얻은 스킬.

무림 온라인 개발진이 테스터들을 위해 게임 시스템 안에 '봉인' 해 뒀던, 무림공적이라는 테스터 전용 2차 직업의 스킬.

그 스킬이 온라인 게임 안이 아닌, 그렇다고 저쪽 세계의 현실도 아닌.

이곳, 무림에서 바로 이 순간!

재현되었다.

아마도 무림 온라인 개발자 중 그 누구도 예상하지 못했으리라.

그들이 낄낄거리며, 농담을 지껄이며 만들었던, 쓰레기통에 버릴까 고민했던 바로 그 테스터용 직업이, 그리고 그 직업이 가진 스킬이 이토록 엄청난 일을 해내리라는 걸 말이다!

콰과과과과광!

폭음이 울리고.

하늘에 구멍이 뚫렸다.

*　　*　　*

쾅.

울컥!

병괴가 검붉은 선혈을 흘리며 바닥에 무릎을 꿇었다.

팔황천살조 중 하나의 장력을 견디지 못한 것이다.

무림이 좁다 뛰어다녔는데 고작 강시 하나 처리 못해 무릎을 꿇다니.

하지만 그 고작 강시 하나가 조금 전부터 갑자기 강해졌다.

그가 감당하기 쉽지 않을 정도로 말이다.

더욱 문제는 저놈이 강할뿐더러 지치질 않는다는 것

이었다.

"괜찮으십니까?"

"흐흐. 네놈은 이게 괜찮아 보이느냐?"

평위랑이 다급히 다가와 병괴를 부축했다.

병괴답다고 해야 할까?

그는 이런 최악의 상황 속에서도 킥킥대며 가볍게 농을 건넸다.

"역시 수라진강시야. 생각보다 훨씬 세. 빌어먹게도 말이지."

"수라진강시……."

평위랑이 다시 검을 움켜쥐며 자리에서 일어섰다.

주변을 둘러보니 이미 십각의 정예들 대부분이 죽어 있었다.

이제 남은 이는 열도 되지 않았다.

"무림맹에 입맹하면서부터 이런 날이 꼭 오리라고 생각은 했었습니다."

"멍청한 녀석이군. 입맹하면서 입신양명보다 죽는 날을 먼저 떠올리는 녀석이라니."

"그쪽이 임무에 실패해서 죽을 위기에 처했을 때 견디기 좋을 것 같더군요. 성공하면 좋고 아니면 말고요."

"하하하. 재밌는 녀석이군. 이 꼴만 아니라면 내 제자로 그 녀석보다는 네놈이 더 어울리겠어. 그놈은 내가 감당하기에는 아무래도 무리일지도 모르고 말이지."

그 녀석.

그게 누군지 몰라도 평위랑은 기분이 좋았다.

죽을 때 죽더라도 이미 입신한 병괴에게 칭찬을 받았으니.

비록 그 녀석이라는 자보다는 한 수 처지는 대우를 받은 듯한 느낌이 들었지만, 아무래도 상관없었다.

평위랑이 검을 곧추세우고는 주변을 에워싼 강시들을 쭉 둘러보고는 호기롭게 소리쳤다.

"아자! 그 말씀 나중에라도 물리기 없습니다."

"그러지. 멍청이."

그렇게 평위랑이 검을 꽉 움켜쥐고는 앞으로 뛰쳐나가려는 그 순간이었다.

퍼버버버벙! 쿠르르르르, 콰과광!

엄청난 굉음과 함께 뒤쪽 청신산 절벽 일각이 무너졌다.

암벽이 깎여 돌무지가 와르르 쏟아지며 그 아래에 있던 수십의 무강시들이 한순간에 곤죽이 되었다.

"……!"

"하하하하. 내가 뭐라고 했소? 여길 부수면서 나아가면 훨씬 빨리 청신산을 벗어날 수 있을 거라고 하지 않았소?"

"그렇긴 하군요. 어쨌든 벽이 무너져 우리가 깔리진 않았으니까요."

굵직한 남자 목소리에 뒤이은 가냘픈 여인의 음성.

펑위랑은 놀란 눈으로 고개를 들어 무너진 암벽 위를 올려다보았다.

"저들은?!"

암벽이 무너지고 그 뒤로 암굴 하나가 뚫려 있었다.

그러고 그 뒤로 셀 수도 없이 많은 사람들이 절벽 밖으로 썰물 빠지듯이 쏟아져 나오고 있었다.

그들은 바로 펑호류와 남궁혜, 하선향, 화예지 등 내당 쪽 후면 성벽을 넘어 청신산 외곽 쪽으로 빠져나온 생존자들이었다.

그들 가운데 내당 소속 간부 한 명이 비밀통로를 알고 있어 그쪽으로 빠져나온 것이었다. 그나마도 너무 오래 걸린다고 펑호류가 통로의 내벽 중 바깥과 가깝다 여겨지는 곳을 힘으로 부순 것이 바로 병괴와 십각 정예들이 전투를 치르고 있는 곳과 곧장 통하는 절벽이었던 것이다.

"음? 이쪽도 예상대로 강시들이 있기는 있는데 좀 적기는 하구려. 게다가 누군진 몰라도 구원군도 있고 말이오."

워낙 아비규환의 난리통을 뚫고 와서인지 팽호류의 눈에는 수백의 강시들이 적게 느껴졌다.

병괴와 평위랑 등의 십각 정예들이 고군분투하며 많은 수를 줄여 놓은 것도 한몫했다.

"반갑소."

"누가 할 소리. 누군진 모르지만 겁나게 반갑소이다."

서로 처음 보는 것이었지만 팽호류와 평위랑이 마주 보며 웃었다.

하나는 올려다보는 것이었고, 다른 하나는 내려다보는 것이었지만 한순간에 마음이 맞아떨어졌다.

"그럼, 같이 한바탕 해보겠소이까?"

"그거 듣던 중 반가운 소리구려."

팽호류가 바로 절벽 아래로 뛰어내렸다.

동시에 평위랑도 강시들을 향해 짓쳐 들었다.

둘 다 비슷한 성격인지라 한눈에 서로 마음이 맞은 것이다.

'지금 이곳에서 입은 쓸모없다. 오직 몸과 병기만이 소용이 있다.'

한순간에 병괴 등을 포위했던 강시들이 졸지에 되려 포위당했다.

하지만 그들에겐 감정이라는 것이 없었다.

당연히 위기라는 관념 자체가 없었다.

그저 인간을 공격해야 한다는 본능만이 살아 있을 뿐.

"크르르르."

특히 이들의 돌격대장 격인 팔황천살조의 일인은 썩은 얼굴을 일그러뜨리며 평위랑과 팽호류를 향해 마주 돌진했다.

그때부터였다.

아닌 하늘에서 갑자기 비가 내리기 시작한 것이.

생존자들은 동시에 생각했다.

하늘도 슬퍼서 우는 것이라고.

하지만 그게 아니라는 걸 깨닫는 데에는 그리 오랜 시간이 걸리지 않았다.

비가 눈이 되고, 눈이 우박이 되고, 그리고 그 우박이 주먹만 하게 굵어져 자신들의 머리를 바수었으니까.

"씨바. 이놈의 하늘! 미치려면 곱게 미쳐야지. 돌아가시겠네."

누군지 모를 이의 이 말이 사람들의 마음을 대변했고, 전투는 더욱 치열하게 전개되어 갔다.

\* \* \*

[구마멸륜검(九魔滅倫劍)]
구천마경(九天魔經)에 대한 비밀을 간직하고 있는 검.

속성 : 무

필요직업 : 무림공적(테스터) 전용

요구레벨 : 40

최소 공격력 : 100

최대 공격력 : 200

타격치 상승효과 : ?

최소 무공 공격력 : 150

최대 무공 공격력 : 300

무공 타격치 상승효과 : ?

부가능력 : 구천마 퀘스트를 한 개씩 완료할 때마다 구천마열전(九天魔列傳)이 하나씩 활성화되며 다음 구천마 퀘스트가 개방된다.

첫 번째 구천마 퀘스트 : 무림공적으로 전직하라. (完了)

두 번째 구천마 퀘스트 : 환사의 모든 무공 스킬을 Lv.3까지 익히라. (未完)

활성화된 구천마열전 : 환사(幻邪)

남은 구천마열전 : 의선독광(醫仙毒狂), 유령사야(幽靈邪爺), 음양옥면귀(陰陽玉面鬼), 파천벽력조(破天霹靂祖), 무영신투(無影神偸), 섭천패염요(攝天霸艶妖), 소요흡성괴(逍遙吸成怪), 십전마(十全魔).


[구천마열전 환사편]

무력(武曆) : 448 ~ ?

소속문파 : 무(無)

출생지 : 강소성 태주현(江蘇省 泰州縣)

"나는 내가 만든 환상 속에서 그녀를 만나 사랑을 나누었다. 이 꿈속에서 영원히 깨고 싶지 않았다. 다만, 다른 이들이 그저 우연히 거기에 더불어 빠져 헤어 나오지 못한 건 안타까웠지만…… 그래도 나는 깨고 싶지 않다. 혹 나를 깨우려는 자들이 있다면 팔지옥 속에서 영원토록 헤매게 하여 주마."

600년 전 천하십절(天下十絕) 중 한 명. 천하십절 중 유일한 사도고수였다.

출생일과 성명, 그의 가문에 관한 내력은 불분명하다.

강소성 태주현 출신으로 어려서 제법 유복했지만, 그가 성년이 되기 전 집안이 몰락했다고만 전해진다.

기록에 처음 환사가 등장한 건, 우내무당논검대회(宇內武當論劍大會)이다. 이때 그는 사파의 잡종이라는 이유로 참가를 거부 받았었다.

현천검(顯天劍) 도진자(道進子)의 주장으로 대회참가를 허가받았다. 도진자는 당시 천하구절의 일인으로 강호인들의 절대적인 지지를 받고 있는 인물이었다. 도진자는 '단지 사파라는 이유만으로 검을 논하지 못한다면 앞으로 우리가 어찌 천하라는 말을 떳떳하게 쓸 수 있으랴'라는 말을 하며 해검지(解劍池)를 지나 무당산을 내려가고 있던 환사를 다시 데려왔다.

환사는 논검대회에서 화산과 공동 등 당금 강호의 이름난 후기지수들을 연방 격파하였다.

특히, 화산의 매화검수(梅花劍手) 노회명(盧晦明)과의 싸움에서 환사는 자신의 강함을 유감없이 발휘했다. 환사는 불과 스물의 나이에 검사(劍絲)를 펼쳐 단 세 수만에 노회명을 제압하고 정사를 떠나 그와 의형제를 맺었다.

환사의 기세가 날로 커지자 우내무당논검대회에서 새로운 변수로 떠오르게 되었다.

급기야 환사는 천하구절 중 일도진천(一刀振天) 관풍(關風)과 검을 마주하게 되었고 무려 천 초나 겨루었다. 비록 패하기는 했으나 이때의 일로 천하구절이 환사를 포함한 천하십절로 바뀌었다.

우내무당논검대회가 끝난 후 환사는 천하를 떠돌며 대련을 한다. 그는 그 과정에서 단 일 패도 하지 않아 일검무적(一劍無敵)이라는 또 다른 별호를 얻었다.

환사는 그렇게 각지를 떠돌던 중 운남 대리국에서 한 여인을 만나 사랑에 빠졌다. 그 여인은 대리국 국왕 단모(段模)의 정실 송 씨로 이미 혼인을 한 몸이었다.

당시 단모는 비록 우내무당논검대회에 참가하지는 않았었지만, 천하십절의 일인이었다. 대리국의 국왕이기도 한 그의 여인을 환사는 결코 얻을 수 없었다.

환사는 그때부터 기환곡(奇幻谷)에 은거해 무술 대신 환술(幻術)에 빠져들었다.

그런데 그때부터 기이한 일이 벌어지기 시작했다.

기환곡이 있는 운남성에 사시사철 구름이 끼었고 사람들이 밤마다 꿈을 꾸게 되었다.

그 꿈속에서 사람들은 송 씨와 사랑을 나누었다.

송 씨는 금세 왕비에서 대리국 만인의 여인이 되었다.

이를 수치로 여긴 송 씨는 견디지 못하고 자결했다.

이에 격분한 단모가 마침내 군사를 이끌고 기환곡을 들이쳤다.

이 과정에서 무수히 많은 사람들이 죽어 나갔다.

이후 환사는 기환곡을 나와 천하를 떠돌았다.

그가 가는 곳마다 사람들은 꿈을 꾸었다.

때로는 송 씨와 사랑을 나누었고 때로는 울부짖으며 원망하는 송 씨를 보았다.

그 일로 환사는 무림공적이 되었고 평생을 쫓겨 다녔지만, 누구도 그를 잡을 수 없었다.

그가 언제 죽었는지에 대해서는 알려진 바가 전혀 없었다.

혹자는 그가 아직 죽지 않았다고 전하기도 한다.


[파환사검법(破幻邪劍法) 제1결 파(破) Lv.1 숙련도 : 0%]

환사는 비록 환술의 대가로 알려졌으나, 그의 검공(劍功)은 그것만으로도 또한 천하십절에 꼽힐 정도였다.

환사란 별호는 사실 그의 이 검법에서 유래되었다. 환술과 사술을 깨부순다는 그의 검법과는 대조적으로 그가 환술과 사술의 정점에 다다름으로써 그의 본래 이름과 별호는 잊혀지고 환사가 된 것이었다.

파환사검법 제1결 파는 강기를 운용하는 중검(重劍)이며, 파환사검법의 핵심이다.

강(?)은 우주에서 가장 강한 기운이며 천하의 모든 환과 사를 깨부술 수 있다.

테스터 전용 스킬.

※ 이 스킬은 타겟 에어리어 스플래쉬 데미지(Target Area Splash Damage)를 가지며 플레이어와 그의 동료에게도 영향을 끼칩니다.


무림 온라인에는 기본적으로 점을 공격하는 기술이 있고, 면적을 공격하는 기술이 있다.

즉, 싱글 타겟만 가능한 기술과 기술의 범위가 넓어 여럿을 동시에 공격할 수 있는 기술 두 가지로 나뉜다는 뜻이다.

또, 여기서 광역기(廣域技)는 다시 두 가지 타입으로

나뉘는데,

한 가지는 자기 중심범위 광역기이고, 다른 한 가지는 타겟 중심범위 광역기이다.

전자는 말 그대로 [스킬]을 쓰면 자신을 중심으로 기술이 뻗어 나가는 것이고, 후자는 [스킬]을 사용한 대상을 중심으로 기술의 파급력이 뻗어 나가는 것이다.

바로 얼마 전까지 동봉수에게는 직접적인 광역기가 없었다.

초자전검륜에 [동귀어진]을 중첩해 강제적으로 광역기를 쥐어짜 사용했을 뿐이다.

하나 2차 전직을 하면서 생긴 스킬인, 바로 이 [파환사검법 제1결 파]는 광역기였고, 거기에 더해 타겟 중심 광역기였다.

게다가 더욱 중요한 건,

이 기술은 테스터 전용 스킬이라 영안과 마찬가지로 스킬에 대한 자세한 효과 설명이 없다는 것.

그러나 동봉수는 '타겟 에어리어 스플래쉬 데미지'라는 설명만으로도 최후의 순간 사용하는 데에 망설임이 없었다.

왜냐하면, 다른 옵션이 없었으니까.

지금 당장 이 절대극음영역을 벗어나지 못한다면 더는 육체가 버티지 못할 것 같았기 때문이었다.

[파환사검법 제1결 파]가 [구마멸륜검] 끝을 통해 초자전검륜에 실려 나왔다. 상상을 초월하는 경기가 천장을 향해 뿜어졌다.

콰과과과과광!

굉음이 울리고, 연영하가 만든 공간이 무너져 갔다.

영하 100도 이하에서 과냉각된 얼음들이 부서져 나갔다.

이 얼음들은 한철 정도는 간단히 비웃을 만큼의 경도를 가졌지만, 속절없이 깨어져 나갔다.

동봉수는 [파환사검법 제1결 파]의 효과를 아직까지 완벽하게 파악하지는 못했지만, 대강의 감은 잡았다.

이것은 '파괴의 검'이다.

문자 그대로 모든 것을 부서뜨릴 수 있는 검법이다.

물론, 초진기장을 익힌 자신에게 이 [스킬]의 활용도는······.

무궁무진하다.

다만 그 스플래쉬 범위 안에 들어 있다면 아군도 영향을 받는다는 것이 문제였지만.

"크윽."

과냉각된 우박 파편들과 [파환사검법 제1결 파]의 막대한 경력의 여파가 동봉수의 전신을 엄습했다.

동봉수는 몸 주변에 최대한 초진기장을 응축해 육체를 보호하려 했지만 역부족이었다.

그는 엄청난 타격을 입은 상태에서, 겹겹이 싸이고 층층이 쌓인 우박 소용돌이의 꼭짓점을 관통해 더 상층부로 날아올랐다.

비록 큰 데미지를 입기는 했지만 일단 절대극음영역에서 탈출하는 데에는 성공했다.

그렇지만 아직 안심하기에는 일렀다.

여전히 하늘에서는 주먹만 한 우박이 화살비처럼 쏟아지고 있었으니까.

파라라라라락.

검륜을 머금은 [구마멸륜검]이 진공을 누비는 광입자마냥 빠르게 허공을 누볐다.

동봉수가 [파환사검법 제1결 파]를 거듭거듭 발휘한 것이었다.

쾅!

우박 하나가 터졌다.

쾅!

우박 둘이 터졌다.

쾅!

우박 셋이 터져나갔다.

……

…

.

헤아릴 수도 없이 많은 우박이 연쇄적으로 박살 났다.

[파환사검법 제1결 파]의 묘용.

격중 된 목표물 주변 반경 10여 미터에 먼지 하나 남기지 않을 정도의 폭발이 일었다.

물론 그 폭발 또한 이전처럼 모두 동봉수에게 적잖은 피해를 입혔다.

"크."

동봉수가 낮게 으르렁거렸다.

온몸이 분쇄기에 갈린 듯 아파져 왔다. 하지만 어쨌든 그 덕분에 하늘에서 쏟아지는 우박은 한동안 신경 쓸 필요 없으리라.

그는 데미지를 입은 몸을 제대로 가눌 겨를도 없이

바닥 쪽을 내려다봤다.

연영하가 올려다보고 있었다.

그녀와 동봉수의 눈이 허공을 격하고 마주쳤다.

놀란 것일까?

투명한 그녀의 눈동자가 흔들린다.

도저히 헤어 나올 수 없는 수렁을 빠져나온 동봉수에 대한 본능적인 경외일지도 모른다.

아무튼, 그 잠깐의 흔들림이 끝난 순간 연영하의 어깨가 움찔거렸다.

사사삭.

"……!"

사라졌다.

마치 동봉수가 [보법]을 사용했을 때와 같이 그녀가 그 자리에서 꺼졌다.

동시에 동봉수는 실제 [보법]을 써서 아래쪽 빈 공간으로 텔레포트 했다.

파바박.

도대체 어떻게 한 것인가?

동봉수가 사라진 바로 그때, 연영하가 동봉수가 있던 바로 앞에 나타나 그 날카로운 손톱으로 허공을 긁고 있었다.

아래로 자리를 옮긴 동봉수는 위로 올려다보며 그 모습을 보았다.

'얼음 입자를 타고 움직였나?'

확실한 건 아니었지만, 부서진 우박 조각에서 아주 잠깐 그녀의 잔영을 본 것 같았다.

그는 그녀가 그 우박 조각에서 튀어나왔다고 추측했다.

말이 되지 않는다는 생각은 하지 않았다.

이미 이 싸움 자체가 말이 되지 않았으니까 말이다.

우우우웅─

동봉수의 [구마멸륜검]이 초고속으로 자전하기 시작했다.

그리고 곧장 아래쪽에 남아 있던 우박으로 만들어진 언덕에 검륜을 그대로 내리꽂혔다.

쿠르르르르르.

언덕이 일순간에 뭉그러졌다.

엄청나게 큰 얼음 덩어리가 무너져 내렸지만 먼지 한 톨 일어나지 않았다.

땅바닥은 이미 깡깡 얼어붙어 있었다.

먼지 따위는 결코 휘날릴 만한 환경이 되지 못했다.

단지 대량의 얼음가루만이 허공을 누빌 뿐.

타닥.

동봉수가 자신이 만들어 낸 얼음 폐허 위에 착지하며 얼음가루를 튀겼다.

그런 그를 연영하가 높은 상공에서 아래쪽으로 내려다봤다.

아주 잠깐 사이 둘의 위치가 완전히 뒤바뀐 것이었다.

후두두두두둑.

그녀의 옆을 스쳐 지나며 [파환사검법 제1결 파]에 의해 박살이 났던 우박들을 뚫고 새로운 우박들이 지상으로 하강하기 시작했다.

파바바바바바박―

그녀의 손이 기묘한 무늬를 그리자, 우박의 속도가 몇 배는 더 빨라졌다.

그와 함께 연영하 또한 동봉수가 있는 쪽으로 급강하했다.

그 모습이 마치 소빙석(小氷石)들을 이끄는 백마(白魔)처럼 보였다.

바닥에 닿았을 때의 위력이야 이제는 굳이 겪어 보지 않아도 대략 알 만했다.

정확히는 알 수 없었다.

그저 미증유의 거력을 가졌다는 걸 짐작만 할 수 있었다.

동봉수는 바로 결정을 내렸다.

새로운 스킬을 사용하기로.

[파환사검법]은 총 3결로 이루어진 스킬 묶음.

이미 그 첫 번째 파는 확인했고, 이번에는 그 두 번째 '환'의 차례.


[파환사검법(破幻邪劍法) 제2결 환(幻) Lv.1 숙련도 : 0%]

환사는 비록 환술의 대가로 알려졌으나, 그의 검공(劍功)은 그것만으로도 또한 천하십절에 꼽힐 정도였다.

환사란 별호는 사실 그의 이 검법에서 유래되었다. 환술과 사술을 깨부순다는 그의 검법과는 대조적으로 그가 환술과 사술의 정점에 다다름으로써 그의 본래 이름과 별호는 잊혀지고 환사가 된 것이었다.

파환사검법 제2결 환은 허(虛) 속에 실(實)을 싣고 실 속에 허를 넣은, 환검(幻劍)의 정점이다. 수도 없이 많은 허와 실이

뒤엉킨 파환사검법의 환결은 적의 허와 실을 조금의 남김도 없이 깨부순다.

테스터 전용 스킬.

※ 이 스킬은 멀티타게팅(Multi—Targeting) 기술이며 조심하지 않으면 플레이어와 그의 동료에게도 영향을 끼칩니다.

"조심하지 않으면 영향을 끼친다라."

이미 제1결 파에 휩쓸려 지대한 데미지를 입은 상황인지라 저 '플레이어와 그의 동료에게도 영향을 끼친다' 라는 문구가 신경이 안 쓰일 수가 없었다.

하나 그렇다고 [스킬]을 쓰지 않을 생각은 전혀 없었다.

아무리 생각해 봐도 새로 얻은 스킬들에 대한 이해가 없으면 결코 저 괴물을 이길 수 없을 것 같았으니까 말이다.

게다가 딱히 저 공격을 막을 다른 방도가 떠오르지도 않았다.

[파환사검법 제1결 파]를 잘못 사용했다가는 연영하를 죽이는 데에 성공하더라도 도리어 결과적으로 죽을 것 같기도 했고.

[타겟을 지정해 주십시오. 타겟은······.]


동봉수가 [파환사검법 제2결 환]을 사용하겠다고 마음을 먹자 순간적으로 시스템이 빠르게 활성화되며 그의 홍채에 맺히는 모든 사물에 붉은 점이 찍혀 갔다.

동봉수의 눈이 연영하를 비롯해 바닥으로 쏟아져 내리고 있는 우박들을 하나하나 인식했다.

그리고 그 작업을 완료한 순간,

[구마멸륜검]이 하늘을 향해 뻗어졌다.

좌자자자자자자자좍!

초자전검륜을 머금은 구마멸륜검의 홀로그램이 진짜 [구마멸륜검]의 전후좌우, 그리고 위쪽으로 수백 개나 나타났다.

그러고는 일제히 아까 지정했던 목표물들을 향해 날아들었다.

퍼버버버버벙!

단 일 수에 우박들이 산산조각 나며 천지사방으로 비산했다.

우박들을 부수고도 남은 홀로그램들은 그 직후 일제

히 연영하를 향해 쏟아져 들었다.

말이 좋아 홀로그램이지 실제의 검과 조금의 다를 바
도 없는 효과를 가진 것들이었다.

환검이자 환검이 아닌 것.

"……!"

쫘자자자자자작!

연영하는 홀로그램 검을 막는다고 손톱을 뻗었지만,
엄밀히 따져 홀로그램은 허상이었다.

그녀로서는 이해할 수 없었지만, 시스템과 실제의 경
계에 선 환검의 정점.

그것이 바로 [파환사검법 제2결 환]이었다.

아까 동봉수가 [파환사검법 제1결 파]로 빙산(氷山)
의 천장을 뚫었을 때만큼이나 그녀의 눈이 흔들렸다.

지금 당장 그녀로서는 그 수십의 환검을 막을 방도가
없었던 것이다.

그대로 몸에 격중되는 수밖에 없었다.

그런데 바로 그때!

연영하의 몸이 갈가리 찢기는 것처럼, 혹은 연기가
흩어지듯 갈라졌다.

그러고는 이내 박살 난 우박 속으로 빨려 들어가듯

숨어들었다.

환검들은 일순 목표물을 놓치고 허공에 흐트러졌다.

"역시인가."

동봉수의 고개와 검이 여전히 하늘을 향하고 있었고,

그의 동공에 가루 같이 흩어진 우박 부스러기들이 모조리 맺혔다.

그의 눈이 그 우박 부스러기들의 반짝이는 표면을 남김없이 훑어 내렸다.

곧 그 안에 숨어 자신을 노려보는 또 다른 눈을 찾아낼 수 있었다.

연영하다.

괴물이다.

그래, 음(陰)을 지배하는 완전한 비인간이다.

그녀는 [파환사검법 제2결 환]을 피하기 위해 바스러진 우박 조각들 속으로 숨어든 것이었다.

마음만 먹는다면 바닥에 흩어진 얼음 파편들 하나 속으로 순간이동을 할 수 있을는지도 모른다.

이것은 모두 현실이고 모두 실현 가능하다.

아니, 했었을 것이다.

이 공간은 아직 대체로 그녀의 것이었으니까.

하지만 아까처럼 곧바로 동봉수의 곁으로 순간이동하지 않고 저 위쪽의 얼음 속에 숨어든 것은 많은 점을 시사하고 있었다.

이제 동봉수, 그, 자신의 영역이 넓어지고 있다는 의미였다. 이 주변, 최소한 이 근방은 그만의 영역이 되었을 것이다.

동봉수의 입술 꼬리가 살며시 말려 올라갔고, 우박 부스러기 속에 숨어든 연영하가 땅을 향해 엄청난 속도로 떨어져 내렸다.

그때 연영하를 노리던 환검들이 목표물을 잃고 방황하다가 우박 부스러기들과 함께 동봉수가 있는 쪽으로 떨어져 내리기 시작했다.

끝내 [파환사검법 제2결 환]이 그 기술을 펼친 플레이어를 공격하러 쏜살같이 강하하고 있는 것이었다.


[※ 이 스킬은 멀티타게팅(Multi—Targeting) 기술이며 조심하지 않으면 플레이어와 그의 동료에게도 영향을 끼칩니다.]


"조심했었는데 별 소용이 없었나 보군."

동봉수 주변의 초진기장이 다시금 요동치며 초진기파가 광분하며 끓어올랐다.

　이걸로 확실해졌다. 최소한 이 근방만큼은 확실히 자신의 영역이었다.

　퍽, 퍽, 퍽.

　바닥에 흩어져 있던 얼음 조각들이 우르르 떠오르며 일제히 하늘 위로 용솟음쳤다.

　동시에 동봉수의 검이 또다시 초고속으로 회전했다.

　팟.

　그가 초자전검륜을 일으킨 채 떨어지는 우박을 향해 뛰어올랐다.

　우우우웅—

　그의 검이 연영하가 숨어든 어느 지점을 향해 내뻗어졌다.

　미친 듯한 검륜이 지독한 사기(邪氣)를 머금은 채 쏘아져 나갔다.


　[파환사검법(破幻邪劍法) 제3결 사(邪) Lv.1 숙련도 : 0%]

　환시는 비록 환술의 대가로 알려졌으나, 그의 검공(劍功)은 그것만으로도 또한 천하십절에 꼽힐 정도였다.

환사란 별호는 사실 그의 이 검법에서 유래되었다. 환술과 사술을 깨부순다는 그의 검법과는 대조적으로 그가 환술과 사술의 정점에 다다름으로써 그의 본래 이름과 별호는 잊혀지고 환사가 된 것이었다.

파환사검법 제3결 사는 사특함을 더욱 강대한 사기로써 제압한다는 원리에 입각한 검결이다. 우주의 사기를 최대한도로 끌어모아 펼치는 만큼 치명적인 문제점을 가진다. 비록 사를 깨부수기 위한 것이지만, 사는 사일 뿐, 정이 될 수 없다. 다만 상대의 사기는 완벽하게 사멸시킬 수 있으리.

테스터 전용 스킬.

※ 이 스킬은 사용 즉시 랜덤 오토사냥 모드(Random Automatic—playing mode)로 전환됩니다. 스킬을 사용하시기 전에 심사숙고하시기 바랍니다.


[파환사검법 제3결 사]와 [파환사검법 제2결 환]의 잔영.

그리고 동봉수와 연영하.

그 두 비인의 충돌이 재차 무림맹을 뒤흔들었다.

"어디 이번 패널티는 어떨지…… 한 번 보여 보아라."

꽈과과과과과과과광!

누구에게 하는 말인지 모를 동봉수의 음성이 이내 격 돌음에 묻혀 사라졌다.


*　　*　　*


"사기!"

파파팟, 스라라라라랑.

종지항은 쉬지 않고 우박과 무강시들을 베며 전진하 다가 그대로 멈췄다.

이곳까지 오면서 동봉수와 연영하의 대전 과정을 모 두 지켜보았다.

비구름이 등선헌 수직 상방으로 몰려들어 비가 내리 고, 곧 그것이 눈이 되고, 다시 눈이 우박이 되고, 얼 마 뒤 그 우박이 쌓여 엄청난 크기의 언덕으로 변하는 것을.

마지막으로 동봉수가 그 우박의 산, 바로 그 꼭대기 를 뚫고 나와 그 산을 일검에 없애고 연영하와 격렬히 대치하는 광경까지 전부 보았다.

조금 전에 보았던 수백 개의 환검이 하늘을 수놓는

장면 또한 형언하기 어려울 정도로 장엄했다.

한데 그게 끝이 아니었다.

끝을 봤다고 생각했을 때마다 저자들은 더 높고 넓은 하늘을 선보였다.

다만 이번에 보여 준 하늘이 사기의 정점이라는 것이 문제였다.

스스슥, 콰곽.

종지항의 검이 거푸 북두성좌를 그리며 강시들을 조각 내 버렸다.

아니, 그렇게 하려 했다.

하지만 자기 의지대로 검이 움직여지지 않는다.

생각만큼 강시들이 잘게 잘리지 않은 것이다.

"끄끼끼끼끼."

그는, 세 갈래로 갈라져 덜렁거리는 머리를 들고 달려드는 강시를 아예 반으로 가르며 읊조렸다.

"상극이라는 건가? 이것이."

북두칠성은 예로부터 정기의 상징이자 바른길을 인도하는 길잡이였다.

그 기운을 고스란히 담아내 그 길을 따라야만 하는 대천강검법.

동봉수의 몸에서 뿜어져 나오는 막대한 사기에 그 길이 흐트러지고 있었다.

그는 고민했다.

무리해서 더 다가가 저들의 싸움에 끼어들어야 하는 것인가? 지금 끼어들면 온전한 실력을 내보이기 어려울 게 자명했다.

하나 고민은 길지 않았다.

"돌아갈 수 없다. 여기까지 와서."

죽는 한이 있더라도.

파바바박.

그가 자신에게 달려드는 강시들을 뭉개며 불완전한 북두칠궤를 밟아 하늘 위로 솟구쳤다.

그 순간, 동봉수와 연영하의 기운이 다시금 부딪쳤다.

짙은 어둠을 뚫고, 그것보다 훨씬 더 진하고 붉은 사기가 충천하며 진극음천살기와 격렬하게 어울렸다.

퍼버버벙!

광대혈륜(廣大血輪).

핏빛 붉은 사기를 머금은 초거대검륜이 용권풍(龍卷風)처럼 광폭하게 솟구치며 우박들을 더 이상 작게 쪼

개어질 수 없을 정도로까지 쪼개 버렸다. 더불어 실체가 없는 환검들마저 한순간에 소멸시켰다.

쿠르르르.

혈륜은 거침없었다.

그것은 모든 걸 분쇄하며 끊임없이 회오리쳤다.

그리고 마침내 빙기(氷氣)의 집약체인 구름의 최하층에까지 도달했다.

그 한가운데에 연영하가 있었다.

그녀의 머리칼은 산발되어 이리저리 휘날리고 있었고, 빙갑은 이미 온데간데없었다.

눈, 코, 입, 귀, 구멍이란 구멍에서는 전부 하얀색의 빙정(氷精)이 흘러내리고 있었다.

그러면서도 그녀는 그 자리를 꿋꿋이 지켰고, 끝내는 혈륜을 모조리 소멸시켰다.

하지만 이미 이전의 구름투성이의 빽빽한 하늘이 아니었다. 상처를 입고 벌어진 구름들 사이사이로 달이 드러났다.

은은한 달빛이 내려와 그녀의 나신을 핥는다.

달은 음의 상징.

금세 그녀의 상처가 아물기 시작했다.

그러나 그걸 그대로 두고 볼 동봉수가 아니었다.

비록 본래의 동봉수는 아니었지만 말이다.

현재 연영하가 원래의 그녀가 아닌 것처럼 동봉수도 이미 동봉수 그 자신이 아니었다.


[※ 이 스킬은 사용 즉시 랜덤 오토사냥 모드(Random Automatic—playing mode)로 전환됩니다. 스킬을 사용하시기 전에 심사숙고하시기 바랍니다.]


지금의 대결은 엄밀히 따져 진극음천살기와 신무림 온라인 시스템 간에 벌어지는 것이었다.

둘이 가진 최후의 수끼리의 격돌이었다.

파파팟.

어느새 연영하의 바로 옆까지 날아오른 동봉수가 공격을 재개했다.

"우박이 멈췄군."

종지항의 말 대로였다.

무림맹 전역에 내리던 우박이 어느새 그쳤다.

거침없던 강시들의 진격도 급속히 정체되어 갔다.

종지항이 마침내 그 둘에게 도달했다.

우우우—

태천강검이 하늘을 대신해 울기 시작했다.


둘이 셋으로 바뀌며 싸움이 더욱 치열해졌다.


\*　　　\*　　　\*


"막바지에 이른 것인가?"

노백이 중얼거렸다.

그는 지금 정주성 승선포정사사 최상층에 올라 무림
맹을 바라보고 있었다.

누구도 이 이방인을 막아서지 않았다.

정주 최고의 관청이었지만, 지금은 피비린내와 죽음
의 향취만이 그득할 뿐이었기에.

그곳은 무림맹에서 십 리 이상이나 떨어져 있을 만큼
먼 곳이었지만, 노백은 충분하다 여겼다.

더 멀리 떨어질 것도, 더 가까이 갈 필요도 없었다.

이 정도면 족히 사태의 진행을 지켜볼 수 있었고,
폭주한 연영하의 광분을 피하는 데에도 부족하지 않았
다.

지난 몇 시진 동안 하늘이 울었다.

어쩌면 화를 내고 있는 것일지도 모르겠다.

그는 이것이 다 누구 때문에 벌어진 일인지 잘 알고 있었다.

공나추가 그린 큰 그림에 마지막 방점을 찍은 것이 자신이었으니까.

"이제 만족하십니까…… . 아가씨."

연영하는 인세에 허락되지 않은 악마다.

본인이 원하든 원하지 않았든 그녀는 그렇게 태어났고 커 왔고, 만들어졌다.

하지만 그것도 이제 거의 끝에 다다랐다.

이제 얼마 후면 왔던 곳으로 되돌아가야만 하리라.

다만 하나 예상치 못한 것은…… .

콰르르릉.

"정말 엄청난 자다. 저 정도로 대단할지는 정말로 예상 못 했었는데."

동봉수의 강함이었다.

지금도 구름이 찢어지며 하늘의 영역이 계속해서 넓어지고 있었다.

노백은 진심으로 놀랐다.

연영하와 대등하게 싸울 수 있는 인간이 존재할 수 있다니.

인간이라면 당연히 한계가 존재한다.

그래야만 한다.

그가 아는 연영하는 인간이 아니었기에 한계를 벗어난다 해도 이해할 수 있었다.

하지만 상대는…….

"어쩌면 그도 원래부터 인간이 아니었을지도 모르지."

연영하가 말하길, 그자도 자신과 비슷한 부류라고 했었으니 어쩌면 그럴지도 모른다.

어쨌든 그자가 이긴다면 이 무림의 역사가 바뀔 것이다.

공나추가 계획하고 이끌어 왔던 최후의 결과.

중원 파멸.

'그것이 일어나지 않을지도 모르지. 하지만…….'

더 나쁜 방향으로 흘러갈지도 모른다.

연영하가 말했던 대로, 그자가 그녀와 동류의 인간이라면 충분히 가능한 일이었다.

"후후. 저 둘이 있는 한 어느 모로 보나 중원은 최악의 땅이다. 그냥 전공의 계획대로 중원이란 저주받은 땅은 완전히 파괴되는 것이 더 나을지도……."

쿠르르르.

파츠츠츠.

사기와 음기, 그리고 어느새 그 경천동지할 전투에 끼어든 미약한 정기가 허공 한 지점에서 얽혀 들었다.

상당히 먼 거리에서의 격돌이건만 노백은 바로 옆에서 벌어지는 것처럼 생생하게 느껴졌다.

콰과광! 퍼버버버버벙!

하늘이 얼었다가 녹기를 반복했고, 땅이 녹았다가 동결되기를 되풀이했다.

싸움은 달이 많이 기울 때까지도 멈추지 않고 계속되었다.

화르르…….

위태롭게 버티던 정기가 끝내 아득히 멀리 날아가 보이지 않게 되었다.

하나 이전만은 못해졌지만, 여전히 남은 두 기운은 계속해서 얽히고설키고 있었다.

쿠르르르르…….

사기와 음기.

그 어느 것 하나 천하에 이로울 것 없는 기운이었지
만, 그 둘의 충돌이 만들어 내는 폭발적인 광파(光波)
는 진정으로 웅장했고, 노백의 마음을 겸허하게 만들었
다.

"놀랍구나. 실로 놀라워. 또한, 안타깝구나. 너무도
안타까워."

노백은 다시 둘만의 싸움이 벌어지고 있는 전장에서
눈을 떼지 않은 채 가만히 서 있었다.

이후로도 꽤 오랫동안.


*　　*　　*


…….

……

…

…

.

"으…… 음."

감각이 돌아왔다.

시력도 돌아왔다.

무엇보다도 정신이 돌아왔다.

신체 모든 기관에 대한 통제권을 회복하자, 기억이
다시 뇌세포에 기록되기 시작했다.

동봉수가 가장 먼저 인식한 건 등에 느껴지는 차가운
바닥의 느낌이었다.

그다음은 저 높이, 그리고 저 멀리 보이는 밝은 달과
청명한 하늘.

누워 있어야만 느낄 수 있고, 볼 수 있는 것들이다.

'결국, 패한 건가?'

가장 먼저 든 생각이었다.

"쿨럭. 캘룩캘룩……."

어디선가 익숙한 음성의 기침 소리가 들려왔다.

동봉수는 잘 움직이지 않는 고개를 세워 기침 소리가
들린 쪽을 바라봤다.

연영하가 바닥에 무릎을 꿇은 채 피를 토하고 있었
다.

붉은 피.

피마저도 지독한 백색이었었는데, 원래의 색으로 돌
아와 있었다.

그녀의 눈동자를 보니, 그것 또한 흰자위에 검은 동

자를 회복해 있었다.

완전한 흑색도, 완전한 백색도 아닌 인간의 눈.

연영하의 이성이 돌아온 것이었다.

그녀가 동봉수의 눈을 힘겹게 바라보며 말했다.

"……기억이 잘 안 나서 그러는데 말이야. 누가 이겼어? 지금 내 꼬라지를 보아하니 당신이 이긴 것도 같은데, 또 당신 꼬락서니를 보니 그것도 아닌 것 같고."

말을 하는 중에도 연영하의 눈에서 빨간 액체가 나온다.

코에서도, 그리고 입에서도 나오고 있었다.

가만 보니 귀에서도.

"아직 끝나지 않은 것뿐이다."

"호, 호호호호호호. 역시 당신이야. 마지막의 마지막까지 당신은 당신이네."

연영하는 없는 힘을 쥐어짜 웃었다.

이 지경까지 왔는데도 승부에 대한 생각, 더 싸우려는 생각을 하는 동봉수가 신기했다.

그리고 다행이라고 생각했다.

그와 함께 최후를 맞이할 수 있어서.

"훗. 죽는 건가? 어쨌건 드디어 나도 죽을 수 있게

된 건가……."

그 말을 끝으로 연영하의 고개가 모로 꺾였다.

동봉수는 그녀의 혼잣말을 들으면서도 대꾸 한마디 없었다.

그는 그저 잘 움직이지 않는 고개를 비틀어 꾸준히 주변을 살피고 있었다.

"계산이 어긋났군."

그랬다. 그의 예상이 틀렸다.

강시들을 조종하는 자가 연영하라고 생각했다.

확신했었다.

그녀만 멈출 수 있다면 저 움직이는 강시들이 일순간에 모두 같이 멈추리라 믿었었다.

그녀에게 완전한 승리를 거둔 건 아니었지만, 어쨌건 현재로서는 둘 다 움직일 수 없었다.

지금 당장만 놓고 본다면 비겼다고 말해도 무방했다.

한데 결과가, 그가 생각했던 것과 같지 않았다.

"끼끼끼끼끼."

연영하의 뒤쪽 먼 곳에서부터 기괴한 소리가 들려왔다.

뽀그작 뽀그작.

뒤이어 시야가 닿지 않는 머리 위쪽 사각지 멀리에서 얼음 조각을 밟는 소리가 귀를 자극했다.

"여기까지인가?"

동봉수는 마지막으로 남은 체력과 기력, JP 등을 모두 긁어모아 봤다.

"크크크."

없었다.

힘이라고 불릴 만한 아무런 것도.

단지 낮게 툴툴거릴 정도.

더 쥐어짜면 손을 약간 까딱일 수 있을 정도.

깔딱.

그는 누운 채 [구마멸륜검]을 쥔 손목을 움직여 본다.

혹시나 던질 수 있다면 던져서 연영하를 죽이려 했다.

하지만 실패했다.

깔딱임이 전부였다.

던진다는 행위 자체가 어림없었다.

"죽일 수만…… 죽일 수만 있다면……."

레벨업을 하며 모든 에너지를 회복할 수 있을 텐데.

하지만 그럴 수 없었다.

그러므로……

이제 죽을 것이다.

살아남지 못한다.

피식.

가벼운 웃음이 새어 나왔다.

어제, 아니, 이제는 그저께가 된 것인가?

머리 위의 달이 많이 기울었으니 아마도 그저께가 맞을 것이다.

그저께 죽었었으니 두 번째로 죽는 건가.

어쩌면 또 한 번 기회가 올지도 모른다.

어쩌면 오지 않을지도 모르고.

"크르르르르."

어느새 무강시들이 연영하의 바로 뒤까지 다가왔다.

이제 그녀는 완전히 의식을 잃었는지 고개를 아래로 숙이고 있었다.

퍼억.

강시들이 그들의 창조주인 연영하의 머리를 가볍게 날려 버렸다.

"……!"

예상 밖의 진행이다.

왜? 어떻게?

바로 떠오른 생각이었다.

그다음에는 이미 아까부터 저들의 통제권이 연영하에게 없었을지도 모르겠다는 생각이 뒤를 이었다.

하지만 이내 그 생각을 머릿속에서 지웠다.

연영하가 죽었든, 살아 있든 지금 자신에게 닥친 일은 똑같다.

어떻게 강시들이 그럴 수 있는지, 그들이 어떻게 그녀가 조종하지 않는 데도 움직일 수 있는지, 왜 그녀를 죽인 건지는 전혀 중요치 않았다.

알아 봤자 소용이 없었다. 다가올 결과에 아무런 영향을 끼칠 수 없었으니까.

지금 중요한 건 다음이 자신의 차례라는 것, 바로 그것이었다.

강시들이 점점 가까워지고 있었다.

그만큼 그의 두뇌 회전이 빨라지고 있었다.

동봉수는 최후의 최후까지 방법을 모색하고 있는 것이었다.

여기서 살아 나갈 수 있는 방법을.

기력도, 체력도, JP도 없다.

그는 마지막 남은 정신력으로 인벤토리를 훑어 갔다.

만약 살 길이 있다면 이 안에 있을 것이고, 없다면 죽음뿐이리라.

인벤토리 안에는 수많은 강시들과 현재 시점에서 의미 없는 무기들만이 가득……!

"음?!"

그때 그의 눈을 사로잡는 물체가 하나 있었다. 바로 인벤토리 안에.

아무것도 적히지 않은 빈 종이 한 장.

동봉수는 망설이지 않고 그것을 꺼내 들었다.

뽀그작 뽀그작.

그사이에도 강시의 발걸음 소리가 점점 가까워지고 있었다.

이제 기껏해야 열 걸음이나 될까?

'대체 이건 무엇인가, 뭐에 쓰는 물건인가, 어떻게 해야 발현할 수 있는가…….'

죽음에 열 걸음 남았다.

그 가까워진 만큼 동봉수의 두뇌 회전도 더, 더 빨라졌다.

'이게 어떤 효능이 있는지는 아직 아무도 모른다. 그

날고 긴다는 소림의 중들도 천 년간 알아내지 못했다.
나도 이것에 대한 비밀은 전혀 알아내지 못했다.'

비밀, 비밀…… 비밀…… 비…… 밀.

빈 종이와 비밀.

아무것도 적혀 있지 않은 종이.

비밀, 밝혀지지 않았거나 알려지지 않은 내용.

아무도 빈 종이의 비밀을 모른다.

아무도 알아내지 못했다.

아무도 알아낼 수 없었다.

그러다가 불현듯 떠오른 생각 한 가닥.

"혹, 이게 아무것도 아니라면?! 애초에 비밀 같은 게
없었다면?"

사고가 여기까지 이른 순간, 그의 눈에 기광이 번뜩
였다.

"아무것도 아니다! 비밀 같은 건 원래부터 없었다!"

그것이다.

그래, 이것이다.

이 빈 종이가 천마의 유물이 묻혀 있는 곳을 가리키
는 비밀지도라면 정말 최후의 최후까지 아무도 하지 못
할 바로 그 방법이 뇌리를 스쳤다.

소림사 중들이 절대로 하지 못할 그 시도.

반면, 이게 아무것도 아니라면 아무나 할 수 있는 그 일.

"크, 크크크크."

동봉수가 낮지만 있는 힘껏 웃었다.

"크, 크하하하하하."

그가 계속 웃었다.

태어나서 그렇게 크고 지속적으로 웃은 건 정말 처음이었다.

"비밀, 비밀은 없다. 빈 종이는 그냥 빈 종이일 뿐."

문득 그의 머릿속에 저쪽 세상에서 무수히 들어왔던 산은 산이고 물은 물이로다라는 유명한 말이 떠올라 있었다.

그리고…….

그가 천마지서를 찢었다.

아무나 할 수 있는 일이지만, 또한 아무나 할 수 없는 바로 그 일.

찌이익.

"하하하…… 하하…… 하……."

우우우우웅──

하늘이 열렸고, 빛이 내려왔고, 동봉수와 그의 웃음 소리를 이 세계에서 지워 버렸다.

우우우우웅—


＊　　＊　　＊


"저⋯⋯저게?!"

"도대체 무림맹에 또 무슨 일이 벌어지고 있는 것인 가⋯⋯?"

하선향과 팽호류, 둘의 눈동자가 흔들리고 있었다.

둘뿐만이 아니었다.

무강시들과의 전투에서 조금이나마 여유가 있던 다른 많은 이들도 멍하니 빛이 쏟아지는 모습을 지켜보고 있었다.

빛은 크고 넓고 강렬했다.

그 빛살에 휩쓸린 많은 것들이 녹아내렸고, 일부는 거기에 휘말려 들어 하늘 위로 사라졌다.

그 안에는 수도 없이 많은 시신들과 무림인들, 강시 들 그리고 무림맹의 잔해 상당수와 청신산 일부도 포함 되어 있었다.

그렇다.

빛은 무림맹을 넘어 이곳 청신산의 한 부분에게까지 영향을 끼칠 정도로 그 영역을 넓혀 가고 있었다.

"어?"

"여, 여기까지 밀려든다!"

"다들 피⋯⋯! 으, 으아악!"

사람들이 그걸 인식했을 때에는 이미 많은 이들이 그 빛살에 잡아먹힌 이후였다.

구우우우―

빛살은 어김없이 평위랑과 팽호류 등에게까지 다가들었다.

그 엄청난 기세에 다들 멈칫했다.

그때 누군가가 그들을 향해 몸을 날렸다.

희끗희끗한 흰머리에 괴팍한 얼굴, 평위랑은 그가 병괴란 사실을 단숨에 깨달았다.

"어, 어르신⋯⋯!"

웅웅웅―!

평위랑의 목소리가 채 끝나기도 전에 거대한 빛살이 그들이 있던 자리를 집어삼켰다.

정체 모를 빛살은, 하지만, 더는 그 게걸스러운 영역

을 넓히지 않았다.

딱 거기까지였다.

하지만…….

그 바깥으로 튕겨져 나갔던 사람들이 눈을 떴을 때에는 이미 어떠한 것도 남아 있지 않았다.

그토록 가공할 광기를 폭주시키던 연영하의 시신도, 그에 맞서 싸우던 동봉수도, 그리고 여태까지 무림맹을 벗어나지 못하고 있던 모든 생존자들까지 흔적도 없이 사라지고 말았다.

"이럴 수가…… 어떻게 이럴 수가…….”

"말도 안 돼!"

병괴 덕분에 간신히 거기에 휘말리지 않고 살아남은 평위랑, 팽호류와 화예지, 그리고 하선……!

하선향이 없었다.

병괴가 다급히 달려든다고 뛰어들었는데, 그녀는 이미 그 가공할 빛살에 휩쓸려 사라져 버렸다.

모두들 망연자실하게 하늘만을 바라봤다.

하지만 그 자세를 오래 유지할 수 있는 사람은 없었다.

왜냐하면…….

"크르르르르."

여전히 남아 있는 강시들이 있었으니까.

특히, 팔황천살조가 여전히 그곳에 남아 있었다.

싸움은 아직 끝난 것이 아니었다.

어쩌면 그들의 진짜 싸움은 이제 막 시작한 것일지
도…….


*　　　*　　　*


중원 최후의 날.

후세 사람들은 그날을 그렇게 불렀다.

그날, 그는, 동광천은 많은 강시들을 비롯한 생존자
들과 함께 어디론가로 사라졌다.

후사가들은 그의 업적을 숭고한 희생이라고 기록한
사람도 있고, 어떤 이들은 악마의 최후라고 표현한 이
도 있었다.

하지만 정작 그가 어디서 왔는지, 그가 누구인지, 진
짜 이름이 무엇인지 아는 이는 아무도 없었다.


그는…….

흔적도 없이 사라졌다.

나타날 때처럼 그렇게……

한 가지 확실한 건, 그날 그와 함께 많은 수의 강시들이 사라지지 않았다면 중원, 아니 세계는 절대로 다시 원래대로 재건되지 못했을 것이라는 사실이었다.

第二七章

후결(後結)

絶
世
狂
人

인류가 전쟁의 종말을 이룩해야 한다. 그렇지 않으면
전쟁이 인류에게 종말을 가져다줄 것이다.

— 허버트 조지 웰스(Herbert George Wells),
영국 소설가

\*　　　\*　　　\*

거대한 빛이 하늘을 뒤덮은 날, 무림맹이 완전히 사
라졌다.

무너졌다는 뜻이 아닌, '사라졌다' 라는 날 것 그대로
의 의미였다.

무림맹은 이 세상에서 그대로 꺼져 버렸다.

뒤이어 정주가 완벽히 짓뭉개졌다.

남은 강시들이 미쳐 날뛰었다.

이미 극음천살기의 존재유무는 그것들에게 아무런 문
제가 되지 않았는지 하남성의 모든 것들이 파괴될 때까
지 강시들은 멈출 줄 몰랐다.

많은 이들이 희생되었지만, 그것들의 진격을 막지는
못했다.

결국, 팔황천살조와 무강시들은 하남성을 넘어 주변
다른 성시들로 퍼져 나가기 시작했다.

산서, 섬서, 호북, 안휘, 강소, 산동, 심지어 황궁이
있는 북평이 코앞인 하북까지.

파죽지세(破竹之勢).

누구도 이 사령군단(死靈軍團)을 막을 수 없었다.

살육은 일상이 되었고, 질서가 무너져 내렸다.

이제 황군(皇軍)의 출격은 불가피한 일이 되었다. 그
러나 그것이 오히려 절망의 시작점이라는 걸 그때는 아
무도 알지 못했다.

마침내 하북 임구(任丘)에서 백만 황군과 일만여의 사령군단이 맞닥뜨렸다.

대접전이 벌어졌고 대살육이 일어났다.

패했다.

철저하게 졌다.

황군은 모래알 같이 으스러졌다.

더욱 무서운 건……

전투가 끝난 후 오히려 사령군단의 수가 늘어났다는 사실이다.

강시병(殭屍病).

사람들은 그것을 그리 지칭했다.

강시들에게 죽은 이들 중 상당수가 인간이 아닌 강시가 되어 부활했다.

이게 어떻게 된 일인지는 아무도 몰랐다.

그걸 연구할 인력도 없었거니와 그럴 틈도 없었다.

모두들 강시를 피해 목숨을 보전하기에도 벅찼음에다.

이제 사령군단은 수십만 대군이 되어 북평으로 쳐들어왔다. 황군이 모래알 같이 으스러진 것처럼 황궁도 모래성과 같이 바스러졌다.

그렇게 중원의 황조(皇朝)는 너무도 간단히, 그리고 무력하게 멸망했다.

중원에 불어닥친 태풍은 비단 그것뿐만이 아니었다.

강호에 몰아닥친 또 다른 돌풍. 그 소식은 서쪽에서부터 달려왔다.

천마성의 몰락.

집사전과 포달랍궁의 연합. 그리고 그들의 갑작스러운 기습공격 감행.

중원과 지루한 대치를 하고 있던 천마성은 동맹이었던 포달랍궁의 배신에 한순간에 무너져 버렸다.

게다가 집사전의 전력 또한 알려졌던 것보다 훨씬 강력했다.

집사전과 포달랍궁의 연합군은 거침없이 신강을 짓밟았다.

달포가 지나기도 전에 신강 전역이 집사전과 포달랍궁의 수중에 떨어졌다.

신강을 점령한 집사전공 공나추는 거기서 말머리를 고정했다.

그들의 본거지라 할 수 있는 중원이 빠른 속도로 황

무지로 변모되고 있었지만, 그는 회군하지 않았다.

집사전은 삼패 중 유일하게 남은 세력이 된 것만으로도 만족하는 것일까?

아니면 도저히 사령군단을 막을 자신이 없어서일까?

정확한 것도 알 수 있는 것도 없었다.

확실한 건, 중원을 구원할 수 있는 마지막 세력이 중원을 버렸다는 사실이었다.

집사전은 오직 홀로 남은 패로서 신강에 우뚝 서서 서천(西天) 위에 군림했다.

정도, 마도 아닌 사의 천하.

비록 불완전한 일통이었지만, 천마 이후 천 년간 그 누구도 해내지 못한 일을 집사전이 달성했다.

중원은 여전히 강시들에 의해 계속 파괴되고 있었고, 세상은 도탄에 빠졌다.

그러거나 말거나, 집사전과 포달랍궁은 아랑곳하지 않았다.

그렇다고 그들이 그 위치를 고수하며 가만히 있는 것은 아니었다.

이대로라면 강시들이 중원을 완전히 망가뜨리고 신강과 서장으로 올 것이라는 걸 그들 또한 너무도 잘 알고 있었다.

그들은 중원에서 신강과 서장으로 통하는 모든 주요 길목에 엄청난 높이의 성벽을 쌓기 시작했다. 성벽의 중간중간에는 벽호공을 익힌 침입자를 막아 내기 위해 갖가지 기관장치를 매설하고 진식을 펼쳐 놓았다. 그들은 스스로 고립되어 강시를 막는 길을 택한 것처럼 보였다.

그들은 유례없는 대규모 토목공사를 위해 국경으로 도망쳐 온 사람들을 노예로 붙잡아 노역을 시켰다.

만리절벽(萬里絕壁).

노예들은 그 벽을 그렇게 불렀다.

절망(絕望)과 단절(斷絕)의 벽이기에 그런 식으로 이름 붙였다. 하루에도 수많은 사람들이 갖은 노역에 죽어 나갔다.

그렇지만 이들은 오히려 행복한 것이었다.

뒤늦게 강시를 피해 서쪽으로 도망쳐 온 중원인들은 그 높고 암담한 절벽 앞에서 절망하며 발길을 돌릴 수밖에 없었다.

식량이 떨어져 죽거나 만리절벽을 오르다가 죽거나 뒤돌아 돌아가다가 강시에게 잡혀 죽거나.

어쨌든 대부분 죽었다.

그런 상황 속에서 살아남은 대다수의 중원인들은 남으로, 남으로 도망쳤다.

북쪽에는 강시들, 서쪽에는 만리절벽, 동쪽은 바다.

이제 갈 수 있는 곳은 오직 남쪽이었기에 남으로 가는 것이었다.

전염병처럼 번지는 강시병은 생각보다 전파 속도가 빨랐다.

조금이라도 어물쩍거리거나 탈주 방향을 잘못 잡은 이들은 남쪽 끝에 닿기도 전에 죽거나 강시병에 걸려 강시가 되었다.

셀 수도 없이 많은 사람들이 남쪽으로 향했지만, 정말 남쪽 대월국(大越國)의 국경선에 도달한 사람은 정말 극소수였다.

하지만 갖은 고생 끝에 그곳에 도착한 중원인들은 또한 번 절망할 수밖에 없었다.

대월국이 이미 국경을 폐쇄한 것이었다. 바로 강시병의 전파를 사전에 막기 위함이었다.

소수의 중원인들이 몰래 국경을 넘으려다가 그 자리에서 고슴도치가 되어 버렸다.

대월국에게 이제 중원인이란 그저 잠재적인 강시에 다름 아니었다.

그에 생존자들 사이에서 의견이 갈렸다.

몇몇은 목숨을 걸고서라도 대월국의 국경을 넘어야 한다고 주장했고, 어떤 이들은 배를 건조해서 바다로 나가야 한다고 말하기도 했고, 또 다른 이들은 지금이라도 북쪽 끝으로 가 사막을 건너야 한다고 떼를 쓰기도 했다.

강시들은 이제 도처에 난무하고 있었고, 강시병의 전파는 여전히 빨랐다.

당연히 그들에게는 많은 시간이 없었다.

시간이 없을 때 의견의 분분함이 가져오는 결과는 결국 분쟁과 분단이다.

생존이라는 단 하나의 목표를 위해 뭉쳤던 이들이 이제는 그 목표 때문에 뿔뿔이 흩어졌다.

서로 의견이 일치하는 사람들끼리 각기 뭉쳐 이곳저곳으로 사라졌다.

자연히 그 과정에서 무수히 많은 희생자들이 발생했다.

하지만 인간이란 부족하면 부족한 대로, 힘들면 힘든

대로 적응해서 살아남는 적응의 동물이다.

그 잔인한 세월이 새로운 영웅이 탄생하는 장이 되기도 했다.

오호단문도를 창시한 하북팽가의 지존, 패성 팽호류.

생존자들을 훌륭히 영도해서 이끈 여협 무림선아 남궁혜.

무림맹 비봉공 병괴의 제자, 평위량.

그리고 또 다른 여러 젊은 영웅들.

장강의 앞 물결이 갑작스레 메말라 버렸지만, 뒷 물결이 자연스레 그 자리를 채워 나갔다.

비록 작은 희망이었지만, 중원은 끝끝내 살아남았다.

여담이지만, 이들 후기지수들이 살아남아 다른 이들을 이끌 수 있었던 데에는 '동광천의 죽음'이 있었다고, 후사가(後史家)들이 입을 모았다.

그것이 진짜 희생인지 살육의 연장선에서 벌어진 우연인지에 대한 의견 대립은 나중에 부활하는 '신무림'에서도 영원히 끊이지 않는 소재가 되었지만 말이다.

*　　　*　　　*

"천광."

"네, 무본. 하명하시오소서."

"오늘로써 내가 죽은 지 천 년이 다 되었다."

"……."

"대계는 실패했구나."

"……송구하옵니다."

"아니다. 이 시대에 나와 같은…… 동무와 천마의 후예가 다시 나올지 예상하지 못한 내 책이다. 참으로 오랫동안 견디고 기다렸는데. 천 년간을 숨죽이며 기다렸는데……."

"……."

"다시 천 년을 더 기다려야 하는구나. 바로 여기 고릉(高陵)에서."

"제가 보위하겠습니다."

"그러려무나. 어차피 천 년이란 길고 긴 시간을 다시 보내려면 같이 버텨 줄 동무가 하나쯤은 필요한 법이지. 한데."

무본이 잠시 말을 멈추었다.

"다른 젊은 녀석들이 그걸 버텨 낼 수 있을지 모르겠구나. 모두 혈기방장한 녀석들인데."

"제가 모조리 침묵시키게 하겠습니다."

"후후후. 그럴 필요 없을 것이다. 이미 세상은 망가졌다. 나도 예상치 못한 저 강시들이란 것들이 세상을 점거했다. 게다가 전염성을 가진 강시들이라…… 참으로 무서운 세상이지 않느냐. 참지 못하고 천하를 주파하고 싶다면 그렇게 하도록 내버려 두거라. 다만 죽는 것과 강시가 되는 것 또한 자신들의 선택과 책임이 되겠지. 광운이 있었다면 그 아이도 같이 했으면 좋았으련만, 그 아이가 없으니…… 이제 내 말동무는 너 하나면 족하다."

"네, 무본. 명 받잡겠습니다."

"어찌 되었건 지금 이 시간부터 무본은 잠정적으로 활동을 멈춘다. 본좌가 다시 깨어날 때까지."

그는 과연 천 년 뒤에는 제대로, 그리고 무사히 부활할 수 있을까?

아직은 알 수 없었다.

그건 먼 천 년 뒤의 이야기이니까.

무본은 그렇게 다시 길고 긴 잠에 빠져들었다.


그렇게 시간이 흘러갔다.

         \*      \*      \*

휘이이이잉—

황야에 바람이 분다.

예전에는 조금이나마 따뜻한 바람이었을지 모르나 이제는 아니었다.

벌판 위에 펼쳐진 자그마한 오두막들 사이를 삭풍이 휘릭휘릭 스쳐 지나갔다. 오두막 안에서는 인기척이 느껴졌지만 아무도 밖으로 나오지는 않았다.

마치 죽은 자들의 마을.

다그닥 다그닥.

말을 탄 일단의 무리가 마을에 나타났다.

오두막 밖으로 빼꼼 눈만 내밀어 보는 사람들이 있었지만, 대부분은 집 안 구석구석으로 숨어들었다.

하지만 소용없었다.

그들은 마적들이었으니까.

"먹을 거 싹 쓸어 오고, 싱싱한 계집들이 있으면 그년들도 바로 잡아 여기로 데려와. 만약에 먼저 시식하는 새끼가 있다면 이 천마님께서 용서치 않겠다."

천마라는 광오한 별호를 마음대로 사용하는 머적떼의
두목.

그의 살기등등한 명령을 끝으로 마적떼가 미친 듯이
오두막들 안으로 쏟아져 들어갔다.

"끼아악, 안 돼."

"이런 씨발. 가만히 있어, 이년들아! 이 자리에서 당
장 뒈지고 싶지 않으면."

비(悲)와 갈(喝)이 황야 위에 울려 퍼졌지만 이내 흐
트러졌다.

이곳에 마을 사람들을 도울 만한 무리들은 아무도 없
었다.

있다고 해 봐야 강시들뿐.

그것들을 피하기 위해 이 멀리 남방으로 숨어들었는
데 그것들이 나타난다면 더욱 무서운 일일 것이다.

곧 식량과 여자들이 마적두목 앞에 대령 되었다.

매우 적은 양의 깡마른 곡류와 냄새나는 들짐승의 육
포, 그리고 비쩍 야윈 여자들이었다.

당연한 얘기겠지만, 식량이건 여자건, 영양 상태가
그리 좋지 못했다.

"썩을. 이런 것들 먹고 어떻게 살아?"

여자들이 바르르 떨고 있다.

개중 몇몇은 완전 체념한 얼굴로 서 있었다.

이곳 남방, 대월국이 있던 곳도 강시들에게 쓸린 이후에는 중원 못지않게 이런 일들이 비일비재했으니까.

그나마 살아서 숨을 쉬는 것만으로도 다행으로 생각해야 한다.

강시들이 나타난다면 이나마도 사치가 될 테니까.

"저년 데리고 와. 그나마 젤로 싱싱해 보인다."

두목이 구석의 한 어린 여자아이를 지목했다.

조금 마르기는 했지만, 두목의 말마따나 젊음의 싱그러움이 조금이나마 남아 있는 십칠팔 세의 여자아이였다.

"아, 안 돼……."

"안 되긴 뭐가 안 돼? 어차피 곧 다른 놈들한테 따먹힐 거 조금 일찍 먹힌다고 생각해. 아니면 뒈지거나."

그녀의 어미로 보이는 여인이 나서 보지만, 곧 뒤쪽에 선 마적들에게 제지당해 바닥에 꼬꾸라졌다.

여자아이는 바들바들 떨면서도 꿋꿋이 걸어 두목의 앞에 섰다.

"뒤로 돌아."

그녀가 말없이 뒤로 돈다.

각오는 했다. 그러나 떨리는 건 어쩔 수 없었다.

"벗어."

먼저 치마를 무릎까지 내렸다.

"다 내려. 찢어 주랴?"

두목의 으름장에 여자아이가 눈물을 삼키며 치마와 고의(袴衣)를 다 내렸다.

숫처녀의 살 내음이 두목의 코를 자극했다.

주변 다른 마적들의 눈도 시뻘겋게 달아올랐다.

두목이 일을 마치면 자기들의 차례도 올 것이라는 걸 잘 알고 있었기 때문이었다.

"꿇어."

그녀는 두목의 그 말이 무슨 말인지 잘 알고 있었다.

눈을 감고 이번에는 무릎을 메마른 바닥에 대었다.

바스락 바스락.

두목이 아래 춤을 벗어 내리는 소리가 들렸다.

그녀가 다시 마음을 다잡았다.

이 무법의 시대를 살아가려면 어쩔 수 없다고 자기최면을 걸면서.

그때였다.

퍽.

이상한 소리가 났다.

후두두둑.

그러고는 그녀의 벗은 하체에 어떤 뜨거운 액체가 짓뿌려졌다.

"……!"

뒤이어 부드러운 옷자락이 그녀의 전신을 감쌌고…….

비명이 울려 퍼지기 시작했다.

"두, 두목!"

"이, 이 새끼! 너 뭐야?!"

"끄, 끄아악!"

퍼버벅, 후두둑.

그녀가 황급히 자신의 전신을 감싼 장포를 훑어 내렸다.

하지만 이미 그녀가 눈으로 확인할 수 있는 건 아무것도 없었다.

그저 웬 키 큰 사내의 뒷모습만을 볼 수 있었다.

그가 뒤로 돌아보지도 않은 채 손을 내밀며 말했다.

손에는 마적들의 피가 잔뜩 묻어 새빨갰다.

"돌려줘."

"……고, 고맙습니다."

그녀는 간신히 감사인사를 하며 그의 손에 장포 끝자락을 쥐여 주었다.

그는 장포로 다시 몸을 감싸고는 앞으로 걸어갔다.

그러다가 마적들 두목이 타고 온 말 앞에 서더니 망설임 없이 올라탔다.

"새끼들 더럽게 좋은 말 타고 다녔네. 뒤질라고."

사내, 아니, 소년의 얇은 목소리와 앳된 얼굴이 가리키는 그의 나이는 잘해 봐야 소녀 또래였다.

그럼에도 그는 거침이 없었고, 어딘지 모르게…….

강해 보였다.

따각따각.

우뚝.

그가 말을 몰아 몇 걸음 가다가 이내 멈춰 섰다.

휘리리릭.

"……!"

바람이 분 것도 아니었다.

그런데 마적들이 수거한 마른 식량들 중 일부가 바람

에 쓸린 듯 허공에 뜨더니 소년의 장포 자락 속으로 빨려 들어갔다.

"나중에 갚을게."

마을 사람들은 자기들도 모르게 동시에 고개를 끄덕였다.

소년이 피식 웃으며 다시 말고삐를 채었다.

"저기 은인의 존성대명(尊姓大名)이 어떻게 되십니까?"

소녀가 급히 하의를 올려 입으며 앞으로 뛰어가며 물었다.

소년이 그대로 등을 진 채 말했다.

"내 이름은……."

소년이 자신의 이름을 말했지만, 그것은 바람에 쓸려 흩어졌다.

마을 사람들 그 누구도 그의 목소리를 제대로 듣지 못했다.

하지만 바로 뒤에 있던 소녀는 그의 이름을 들었다.

그녀가 다시 입을 열었다.

"어디로 가시는 거예요?"

"북."

"북? 북쪽요? 거기는……."

"그래, 중원이지. 거기로 간다. 사부의 유훈을 지키러."

소년은 더는 할 말이 없다는 듯 그대로 말을 몰아 저 멀리 사라져 버렸다.

그의 주변으로 회오리처럼 바람이 계속해서 돌았다.

꼭 그가 자기 주변 공간의 주인인 양.

"중원……."

소녀가 자신도 데려가 달라는 듯이 간절한 마음을 담아 손을 꼭 쥐었지만, 누구도 잡아끌어 주지 않았다.

아직은.

\* \* \*

질서는 무너졌지만, 세상은 끝끝내 살아남았다.

또한, 그 속을 살아가는 이들 또한 남아 있었다.

그 희망의 근원이 좋았던지 나쁜 것이었는지는 알 수 없었지만…… 아직 희망은 살아 숨 쉬고 있었다.

외전 5

신시(新始) 壹 ─ 신무림(新武林)

絶世狂人

기억과 역사의 공통점은 시간이 지남과 함께 언제나 왜곡된다는 점이다.

— 누군가

살아 있는 한 '할 수 없다'는 말은 하지 마라. 절대 포기해서는 안 된다. 목숨이 있는 한 철저하게 투쟁하는 사람이 승리자다.

— 브레히트(Bertolt Brecht), 독일 극작가

　　　　　＊　　　＊　　　＊

　……절세광인(絕世狂人) 동광천에 대해 후세에 알려
진 사실은 그다지 많지 않다.

　중원에 새롭게 황조가 들어선 후일, 태대조(太大祖)
로 추존된 이자송은 남북원정기(南北遠征記)라는 편저
(編著)를 남겼다.

　이 저술에 아주 잠깐 동광천에 대한 이야기가 나온다.

　여기서 이자송은 그를 '신출귀몰하며 신묘한 기법과
무공을 가진 사람'이라 평한 다음, 곧바로 이렇게 다시
최후평을 이었다.

　죽음이 항시 뒤따르나 혈향이 배지 않는 허무자(虛無
者).

　그런 그의 평가처럼 동광천은 아무 거리낌 없이 사람
을 살해하는 살인광마였다.

　북방에서 짐승 같은 야만족들을 죽이는 데 만족하지
못해 중원으로 와 살육의 길을 이어 간 것이었다.

　몇몇 무림사가(武林史家)들은, 동광천이 삼세극음천
살성(三世極陰天煞星)을 제거할 운명을 타고난 무림구
원자였다고 주장하기도 한다.

그래서 그때 무림맹에서 죽어 간 무수한 희생자들은 불가피한 희생이었다고 말하기도 한다.

하지만 나는 그 황당무계한 설(說)에 대해 단호히 반대한다.

동광천은 그저 단순한 미치광이일 뿐이다.

일각에서 주장하는 절세의 은거기인이 주화입마에 빠졌다거나 무림맹에서 숨겨 놓은 비봉공들의 공동전인이었다라거나 이토(異土)에서 건너온 초월자라는 광설(狂說)은 언어도단(言語道斷)이다.

이는 그와 삼세극음천살성의 마지막 전투 목격자들이 남긴 증언을 보면 명확히 알 수 있다.

'천지 간의 가장 음한 기운과 우주 간의 가장 사특한 기운의 충돌이 중원 최후의 날에 있었다.'

어떻게 정파의 은거기인이 그토록 엄청난 사기를 지닌단 말인가?

어떻게 무림맹 비봉공의 공동전인이 그리도 광악(廣惡)한 살인을 망설임 없이 저지를 수 있다는 말인가?

다만, 우연히 두 명의 절세마두가 동시대에 나 충돌한 것이 중원과 무림에는 불행 중 길운(吉運)이었다는 점만은 본인도 부인하지 않는다.

때마침 절세광인이 나타나 삼세극음천살성과 사차강시의 삼분지 이를 척살하지 않았다면, 팽호류나 평위랑 등의 수호자들이 정주를 빠져나오지 못했을지도 모른다. 따라서, 절세광인 동광천이 없었다면 결과적으로 중원은 그 겁난을 극복하지 못……(후략).

— 등후왕(鄧厚旺), <신무림서(新武林書)> 절세광인
편에서


……그가 없었다면, 천하가 없다. 그가 없었다면, 중원이 없다. 그가 없었다면, 당연히 오늘날의 우리가 없다.

그는 중원무림을 수호한 불세출의 영웅이다.

왕왕 그의 치적을 폄훼하는 작자들이 있으나 무시하라.

그가 사용하는 무공을 사슬이라 깎아내리고 그가 뿜어내는 막대한 기운을 사기라고 폄하하는 자들을 멀리하라.

그가 무림맹 비봉공들의 공동전인이었다는 사실은 여러 사료에서 간접적으로 알 수 있다.

평위랑이 무림 최후의 날 이후 죽을 때까지 썼던 일기

인, 멸생간기(滅生間記)에는 다음과 같은 구절이 있다.

'스승께서는 돌아가실 때까지 항시 그 녀석이 무림을 구원했다고 말씀하셨다. 나는 그 녀석이라는 자가 나의 유일한 사형이라는 것 또한 잘 알고 있었다. 나는 그를 따라잡기 위해 일평생 노력해 지금에 이르렀다. 그가 없었다면 지금의 오롯한 내가 없으리.'

여기서 평위랑이 말한 스승은 무림맹의 제일비봉공인 병공이며, 평위랑의 사형이라고 지칭된 이는 당시를 증언하는 여러 사료를 통해 동광천이라는 것이 밝혀졌으며……(중략)……이 책을 중원 최고의 영웅이었던 절대무신(絕對武神) 동광천 태협(太俠)에게 바친다.

그의 치적이 영원한 것처럼 그의 대광명(大光名)은 영원히 우리 가슴속에 살아 숨 쉬리라.

— 사마염가(司馬廉可), <통중사(通中史)>

＊　　＊　　＊

눈꺼풀이 무겁다. 한없이 무겁다.

나는 매우 긴 시간 동안 공을 들인 다음에서야 가까스로 눈을 뜰 수 있었다.

오랫동안 빛과 단절되어 있었던지라 모든 것이 희뿌옇게 보였다.

이곳이 어두운 곳이라는 사실도 한몫해서 더욱 아무것도 볼 수가 없었다.

비단 시력만이 아니었다.

머리도 멍하다.

망치로 세게 한 대 얻어맞은 양 먹먹해 제 기능을 다할 수가 없었다.

나는 가만히 누워 있으면서 정신을 집중했다.

'나는 누구인가?'

거기에서부터 시작했다.

처음부터 차근차근 기억을 되돌려 갔다.

하지만 기억들이 꼭 필름이 끊긴 비디오 테잎처럼 잘 돌아오지 않았다.

아무래도 어딘가 크게 잘못된 모양이다.

머리가 멍한 것이 계속 기억이 돌아오는 것을 방해했다.

아무래도 뇌에 제법 심한 손상을 입은 것 같았다.

나는 조급해하지 않았다.

기억은 나지 않았지만, 원래의 나라면 그랬을 것이란 본능이 그렇게 만들었다.

한참을 그리 누운 채 기억의 시작 부분부터 마지막 끝자락까지 곰곰이 고민했다.

여전히 떠오르는 것은 아무것도 없었다.

나는 그쯤에서 기억에 대한 생각을 끊고 이번에는 자리에서 일어나려고 했다.

욱씬욱씬.

오뉴월에 두들겨 맞아 축 늘어진 개처럼 몸이 말을 듣지 않았다.

머리뿐만 아니라 몸에도 심대한 타격을 받은 모양이었다.

이런 상황에서 기습이라도 받는다면 그대로 죽을 것이다.

아까와는 또 다른 본능이 나에게 주변을 경계하라 명령한다.

나는 손가락을 꿈틀거려 바닥의 재질을 느꼈고, 코를 벌렁거려 냄새를 감지하기 위해 노력했다.

아직 뇌와 신체, 그 어느 것 하나 정상적으로 돌아오

지 않았음에도, 나는 살기 위해 계속 노력했다.

그렇게 하루가 지났다.

이틀이 지나갔다.

······.

······

···

···

·

며칠이나 흐른 지 정확히 알 수는 없었지만, 꽤 긴 시간이 흘렀다.

나는 마침내.

1살 때, 처음 엄마 밥 줘라는 말을 뱉었을 때부터, 소삼이 되어 마구간에서 눈을 뜬 일.

그리고 동광천이 되어 연영하와 싸운 것까지 기억해 냈다.

무엇보다도 나를 찾았다.

나는······.

'동봉수.'

회복은 단지 기억에만 국한된 건 아니었다.

이전에 떴을 때보다 한결 수월히 눈꺼풀을 들 수 있

었다.

거기서 멈추지 않았다.

고개를 들어 봤다.

끼이익.

들린다.

목의 삐걱임이 많이 어색했지만 목이, 머리가 들렸
다.

탁.

손바닥을 돌려 바닥에 붙였다.

바닥의 한기가 손을 통해 전해져 으슬거린다.

아직은 많이 어색했고 근육이 제법 굳어 있었지만 움
직이는 것이 가능했다.

나는 바닥과 맞닿은 손을 밀었다.

힘겹게 상체가 들렸다.

이제는 다리를 접어 바닥을 또 밀었다.

"되는군. 이제."

아주 힘이 들었지만, 끝내는 일어섰다.

아직 온몸이 부들부들 떨렸지만 최소한의 움직임을
수행하는 데에는 큰 지장이 없었다. 문제는 엄청나게
배가 고프다는 것.

만약 스탯이라는 것이 없었다면 이만큼 움직이는 것도 불가능했으리라.

찌이이이이이익—

갑자기 들려오는 찢어지는 듯한 괴성.

그동안 질리도록 들어온 소리였다.

지난 며칠 간 파악한 결과, 이곳은 동굴이었다.

매끌매끌한 지표면과 웅웅거리는 울림, 천정에서 떨어지는 물방울.

무엇보다도 저 소리가 결정적이었다.

박쥐의 울음소리.

동봉수의 시선이 그리로 향했다.

우우웅—

초진기파가 쏘아졌고, 박쥐가 한순간에 갈 길을 잃고 휘청이며 추락했다.

아직 마음대로 공격을 해 살상에 이르게 할 정도까지는 안 되었지만, 지금은 박쥐의 음파를 혼란시킬 정도면 충분했다.

탁.

나는 조금의 망설임도 없이 떨어지는 박쥐를 받아 입에 집어넣었다.

몸이 많이 허해져서 생식이 무리가 갈 수도 있었으나 그건 나중 문제였다. 일단은 배부터 채우는 게 급선무였다.

동굴 속에 한참 동안 으적이는 소음이 울려 퍼졌다.

"좀 낫군."

조금이지만 영양소를 섭취하자 모든 신체능력이 약간이나마 회복되어 갔다.

나는 몸 이곳저곳을 살피며 준비운동과 같은 스트레칭을 했다.

비록 그런 것이 필요한 신체는 아니었지만, 그렇다고 하더라도 또 불필요한 것도 아니었다.

잠시간의 체조를 마친 후 나는 신무림 온라인의 시스템을 점검했다.

"역시……."

엄청나게 많이 부서졌다.

홀로그램 또한 오류투성이였다.

제대로 된 곳이 이제는 더 적은 듯했지만,

여전했다.

시스템은 나의 생존을 확인해 줬고, 내가 살아 있음을 반겼다.

몸이 이상 없음을 확인한 나는 드디어 사각(死角) 없이 동굴 내부 전체를 둘러볼 수 있게 되었다.

동굴은 굉장히 넓었다.

굳이 재어 보지 않아도 알 수 있을 만큼.

나의 뇌는 금세 대강의 사이즈를 추측해 낸다.

높이 최소 50미터, 직경은 수백 미터는 족히 될 것 같았다.

그리고 무엇보다 이 동굴이 특이한 점은 동굴 곳곳에 각종 보석들이나 금세공품들이 아무렇게나 흩어져 있다는 사실이었다.

나는 그걸로 이 동굴의 주인이 저 보물들을 어떻게 생각하는지 쉽게 추측할 수 있었다.

'그, 그녀 혹은 그것'은 이것들을 모으기는 하지만 전혀 중요하게 생각하지 않는다는 것을.

마치 쓰레기장의 쓰레기들처럼.

타박타박.

그렇게 생각하는 건 비단 이곳의 주인만이 아니었다.

나는 그 수많은 보물들에 그다지 관심이 없었다.

나는 무심히 그것들을 지나쳐 동굴 끝의 통로로 걸어 갔다.

통로라고는 오직 그 길 하나뿐이었다.

나는 그 길을 따라 오랫동안 걸었다.

동굴은 생각보다 엄청나게 컸다.

아까 그 공동은 커다란 지하요새의 한 방에 불과했던 것일까?

나는 그런 방을 무려 십여 개나 더 통과했지만, 여전히 밖으로 나가는 길을 찾지 못했다.

과연 이런 동굴을 누가 만들 수 있을까?

아마 저쪽 세상의 현대과학이라면 충분히 가능할 것이다.

하지만 그쪽 세상의 건축가라면 이렇게 미적감각이 떨어지게 설계하지는 않았을 테지.

이곳은 분명 다른 존재가 만든 것이다.

나를 이곳으로 부른 천마가 그 장본인일까?

"……!"

그런 생각을 하며 한참을 걸어가던 나는 어느 지점에서 갑자기 멈춰 섰다.

'무엇'을 봤기 때문이다.

그것은 한눈에 나를 놀라게 만들었다.

아마도 이 동굴의 주인이거나 그 주인의 하수인 정도

될 터.

나는 나도 모르게 웃었다.

요즘 들어 자주 웃는다. 그것도 무지막지하게 크고 통쾌하게.

"크크크크, 크하하하하하!"

[치직, 치지지지직.]

신무림 온라인 시스템의 기계 노이즈가 귀를 자극한다.

[지직, 영안 발동 조건이…… 치지직…… 만족되어 영안이 자동으로……치직, 시전……찌직…… 됩니다.]

[……귀하와 10레벨 이상 차…… 지지지직…… 이가 나는 적이 20미터 이내에…… 치직…… 접근했습니다. 19, 18, 17…….]

"크크크크."

나는 아직 웃고 있다.

"천마가 남긴 성대한 환영선물인가? 재밌군. 선물이

라면."

내가 잠시 말을 멈췄다가 다시 앞으로 걸어갔다.

"즐겨 주고 맛있게 시식해야겠지."

＊    ＊    ＊

나는…….

살아남았다.

그리고.

내가 존재하는 이 세상이 바로 신무림이다.

이제부터 다시 시작이다.


나는 동봉수다.

끝날 때까지 절대 포기란 모르는 자다.

외전 6

신시(新始) 貳 ― 동행(同行)

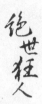

絶世狂人

세상은 그들이 생각하는 만족스러운 미래가 사실은
이상화된 과거로의 회귀인 사람들로 가득하다.

— 로버트슨 데이비스(Robertson Davies),
캐나다 소설가

\*　　\*　　\*

졌다.
죽었다.

그러나, 속삭임은 여전하다.

[죽여라. 모두 죽여라.]

*　　*　　*

쿵! 쿠궁!

"끼, 끼아악."

사람의 키보다 더 큰 돌덩이들이 협곡에 쌓여 갔다.

그 돌에 미처 비키지 못한 역부(役夫) 한 명이 깔려 죽었지만, 누구도 신경 쓰지 않았다.

이미 그러한 일들이 일상이었기 때문이었다.

공나추는 협곡 한쪽 단애 위에 지어진 커다란 정자 위에서 그 모습을 내려다보고 있었다.

사사삭.

그때 그의 뒤로 잔영 하나가 은밀히 나타났다.

노백이었다.

공나추가 뒤도 돌아보지 않은 채 말했다.

"노백."

"말씀하십시오, 전공."

"그 아이는 잘 갔는가?"

"네, 전공."

"자네 눈으로 직접 확인한 것인가?"

"아닙니다."

"그런데 어떻게 그렇게 확신하지?"

"그곳에 가 봤습니다."

"그곳?"

"무림맹이 있던 자리 말씀입니다."

"그곳은 지금 어떻던가?"

"얼어붙은 동토와 그곳에 묻힌 수백 구의 시체를 제 외하곤 지상에서 사라졌습니다."

"확실한가?"

"네, 전공."

"그렇군. 그 아이에겐 안 된 일이나 그게 세상을 위 한 일이다. 아니 그러한가?"

"……."

노백은 대답하지 못했다.

그에게 연영하는 공포의 존재였지만, 또 한편으로는 주군이었으며 연민의 대상이었다. 날 때부터 괴물의 운 명을 타고난 불쌍한 존재.

"자네가 그렇게 생각하지 않는다면 할 수 없는 게지. 어찌 되었건 자네의 진짜 주군은 나이니."

"……네, 전공."

"어차피 천하는 한 번 넘어졌어야 했어. 이미 썩을 대로 썩었었지. 나는 그저 괴물의 손과 발을 빌려 천하의 목을 조르고 발을 걸어 넘어뜨렸을 뿐이라네."

"……"

"게다가 그 괴물까지 세상에서 없애지 않았는가. 자네 말을 들어 보니 그 자리에는 또 다른 괴물까지 있었다고 하니 더욱더 내가 한 일이, 이 세상에 이로운 일이 아닌가 말일세."

"네, 전공. 그러하옵니다."

쿵, 끼아악!

노백의 대답과 함께 또다시 한 명의 노예가 돌에 깔려 고혼(孤魂)이 되었다.

하지만 공나추의 눈은 한 치의 흔들림도 없었다.

약 일각 정도 더 만리과벽(萬里戈壁)을 지켜보던 공나추가 몸을 돌렸다.

"잠시 가 볼 데가 있으니 자네는 이곳에서 기다리고 있게."

공나추는 노백의 대답을 들으며 그곳에서 사라졌다.

그가 향한 곳은 임시로 이곳에 설치된 구중뇌옥(九重牢獄)이었다.

인력 하나하나가 귀중한 이때 가장 먼저 이곳에 건설된 구조물이 바로 이 뇌옥이었다.

처음 집사전의 고수들은 이곳에 천마성에서 투항해 온 고수들을 투옥하리라 여겼다.

하지만 실제로 이곳은 단 한 명을 위해 설계된 뇌옥이었고, 심지어 천마성 측 사람도 아니었다.

그의 정체에 대해서는 오직 공나추만이 알고 있었고, 누구에게도 알려 주지 않았다.

뚜벅뚜벅.

공나추는 여덟 개의 옥문(獄門)을 통과할 때까지 멈춤 없이 걸어갔다.

그가 나타나자 옥지기들이 바쁘게 움직이며 그의 움직임에 맞춰 문을 열었다.

여덟 개의 옥문 사이사이에는 여러 가지의 기관장치가 되어 있었지만, 공나추에게는 아무런 문제가 되지 않았다.

왜냐하면, 기관의 설계자가 바로 그였으니까.

그가 여덟 개의 옥문을 통과하는 데만도 무려 일각이 소요될 정도로 구중뇌옥의 규모는 컸다.

쿠구궁.

그 끝, 공나추가 마침내 구중뇌옥의 끝에 도착했다.

거기에는 하나의 거대한 철문이 있었다.

높이가 족히 석 장은 될 듯했고 너비도 일 장은 가볍게 넘을 철문이었다.

더욱 엄청난 건 그 두께 또한 한 자 이상 되는 데다가 그 재질이 일반 철이 아닌 한철이었다.

그곳에는 옥지기가 없었다.

이 문은 그만이 출입할 수 있는 공간이었다. 이곳에 새겨진 출입진식 또한 그가 직접 설치했다.

쿠구구구구구구구구······.

공나추가 본인만이 아는 해문법(解門法)으로 철문을 열었다. 엄청난 소리와 함께 철문의 가운데가 갈라지며 뒤로 열렸다.

공나추가 안으로 들어섰다.

철문의 안쪽에는 당연하게도 뇌옥의 연장이었다.

어둡고 침침했으나 공나추의 발소리가 은은히 퍼졌다가 되돌아오는 걸로 봤을 때 상당히 넓고 정밀하게 폐

쇄된 공간이었다.

뚜벅뚜벅.

그는 뒷짐을 진 채 어두운 공간 안을 거침없이 걸어 들어갔다.

그리고 곧 다시 그 끝에 도달했다.

"클클클. 왜 또 왔느냐?"

모래 한 주먹을 입에 머금고 말을 하는 것 같은 거칠거칠한 목소리가 공나추를 맞이한다.

일전 운남 천사루 지하 공동 안에 박혀 있던 사내가 그때와 똑같은 몰골로 묶여 있었다.

이 거대한 구중뇌옥은 바로 이 사내 하나를 위해 만들어진 공간이었던 것이다.

공나추가 뒷짐을 풀며 그에게 고개를 숙였다가 들었다.

"천하를 도모했습니다."

"크크크크. 이게 천하를 도모한 것이냐? 천하를 손에 쥐었다는 놈이 이 먼 이역만리에 처박힌 것이더냐?"

"천하를 도모했을 뿐, 아직 그 천하는 쓸 만한 상태가 아닙니다. 정화의 시간이 필요할 것입니다. 교의 가르침을 받을 상태가 아직 아닙니다."

"정화? 인간이 살 수 없는 땅이 되는 것이 정화더냐?"

"그렇습니다. 지금의 인간들이 모두 없어져야만 천하는 다시 제대로 된 인간들이 살 수 있는 세상으로 변모될 것입니다."

공나추는 확고부동했다.

그의 믿음은 흔들림이 없었다.

교주의 부리부리한 두 눈에 화광이 충천했다.

"근데 말이다. 너는 그것을 확인했더냐?"

"무엇을 말이옵니까?"

"영하 그 아이의 죽음 말이다. 그 아이가 진정으로 죽었느냔 말이다."

"일전 교주께서 말씀하시지 않으셨소이까. 불완전한 팔황역천대법의 피시법자는 팔만사천모공을 통해 모든 기를 뿜어내며 죽을 것이라고."

"그러니까! 그걸 네놈 눈으로 직접 확인했느냐는 말이다."

"내가 직접 확인한 것은 아닙니다. 하나, 그 아이를 옆에서 수행한 자가 그것을 똑똑히 확인했다고 했습니다."

"확실한 것이냐?"

"그렇습니다."

공나추는 노백을 믿었다.

노백은 그에게 거짓을 말할 수 없는 자다. 그렇게 운명 지어졌고 여태껏 단 한 번도 어긴 적이 없었다.

"불행 중 다행이로구나."

중원의 인류가 거의 멸종하기 일보직전이라는 걸 어렴풋이 눈치챈 상황에서도 괴인은 다행이라는 말을 썼다.

그만큼 연영하, 아니, 극음천살성이라는 존재는 공포스러웠다.

그에게도, 천하에게도.

"도와주십시오."

"무엇을 말이더냐?"

"세상이 정화될 때까지 성지를 수호해야 합니다."

"크크크크. 못하겠다면 어쩔 테냐?"

"……내가 교주를 어떻게 할 수 있겠습니까? 그저 이곳에 얌전히 모시고 있을 수밖에요."

"그럼 그냥 얌전히 모시기만 해라. 괜히 허튼수작 부리지 말고. 내가 네놈의 질문에 얌전히 대답하는 것은

이미 네놈이 알고 있거나 교의 존폐에 아무런 영향이
없을 경우만 해당한다. 네놈도 그걸 이미 알고 있지 않
으냐."

"……."

공나추와 괴인의 눈이 한참을 마주쳤다.

어느 순간 공나추가 크게 한숨을 한 번 내뱉고는 그
대로 몸을 돌려 뇌옥을 빠져나갔다.

홀로 남은 괴인이 어둠 속에서 눈을 빛내며 중얼거렸
다.

"정말로 영하 그 아이가 죽은 것인가? 이리도 쉽게?
정말 그렇다면 불행 중 다행이건만…… 제천환신 파동
혈황(祭天幻神 血波動荒)……."

제환혈교의 주기도문이 중원을 떠나 이제는 신강의
한 오지에서 넓게 퍼져 나갔다.


*　　*　　*


…….

……

…

...

.


한동안 정신을 잃었었다.

어쩌면 죽은 상태였을지도 모른다.

확신할 수는 없었다.

주마등처럼 '그'와의 싸움이 떠올랐다.

이성이 없었었는데, 본능이 기억을 남겼나 보다.

정말 끔찍하면서도 강렬하고, 어딘지 그리운 기억.

'그가 아직 있을까?'

고개를 들었다.

투둑, 툭툭.

'비?'

비가 내리고 있었다.

기억 속에서도 비, 어쩌면 눈, 또 어쩌면 우박이었던 것 같기도 하다.

어쨌든 뭔가가 하늘에서 내리고 있었다.

아주 긴 시간이 흐른 것 같았는데 아직 그때 그대로 인 건가?

나의 시선이 정면을 향했다.

'그'는 없었다.

만약 하루 전으로 회귀한 것이라면, 그가 있어야만 하는 건데 그는 없었다.

하지만 '뭔가'가 있었다.

그를 대신한 뭔가가.

나는 나도 눈치채지 못할 정도로 은근하고 옅게 입술 끄트머리를 비틀었다.

그가 살아 있음을 확인했고, 그리고 그를 다시 만날 수 있을지도 모른다는 생각이 들었으니까.

"나는 아직도 살아 있어. 당신이 다시 한 번 더 증명해 줬으면 좋겠어."

\* \* \*

그녀도…….

살아남았다.

이제부터 다시 시작이다.

[죽여라. 모두 죽여라.]

죽지 않는 한 영원히 누군가를 죽여야만 하는 존재이다.

누군가가 멈춰 주지 않는다면 말이다.


그녀의 이름은 연영하다.


「절세광인 6권 完」

# 절세
# 광인

1판 1쇄 찍음 2014년 11월 26일
1판 1쇄 펴냄 2014년 12월 1일

지은이 | 곤 붕
펴낸이 | 정 필
펴낸곳 | 도서출판 **뿔미디어**

편집장 | 이재권
기획 · 편집 | 윤영상

출판등록 | 2002년 9월 11일 (제1081-1-132호)
주소 | 경기도 부천시 원미구 상동로 117번길 49(상동) 503호 (우)420-861
전화 | 032)651-6513 / 팩스 032)651-6094
E-mail | bbulmedia@hanmail.net
홈페이지 | http://bbulmedia.com

**값 8,000원**

ISBN 979-11-315-6098-3 04810
ISBN 979-11-315-1159-6 04810 (세트)